FLOR *de* POEMAS

FLOR *de* POEMAS

Cecília MEIRELES

Seleção **Paulo Mendes Campos**

São Paulo, 2024

global
editora

© Condomínio dos Proprietários dos Direitos Intelectuais
de Cecília Meireles
Direitos cedidos por Solombra – Agência Literária
(solombra@solombra.org)

5ª Edição, Editora Nova Fronteira, Rio de Janeiro, 1972
6ª Edição, Global Editora, São Paulo 2024

Jefferson L. Alves – diretor editorial
Gustavo Henrique Tuna – gerente editorial
Flávio Samuel – gerente de produção
Equipe Global Editora – produção editorial e gráfica
Laura Lotufo – capa e aberturas
Flora brasiliensis online – ilustrações

A Global Editora agradece à Solombra – Agência Literária pela
gentil cessão dos direitos de imagem de Cecília Meireles

Dados Internacionais de Catalogação na Publicação (CIP)
(Câmara Brasileira do Livro, SP, Brasil)

Meireles, Cecília, 1901-1964
    Flor de poemas / Cecília Meireles ; seleção de Paulo Mendes
Campos ; estudo crítico de Darcy Damasceno. – 6. ed. – São Paulo:
Global Editora, 2024.

    ISBN 978-65-5612-671-5

    1. Poesia brasileira I. Campos, Paulo Mendes. II. Damasceno,
Darcy. III. Título.

24-219351   CDD-B869.1

Índices para catálogo sistemático:
1. Poesia : Literatura brasileira   B869.1

Cibele Maria Dias - Bibliotecária - CRB-8/9427

Obra atualizada conforme o
NOVO ACORDO ORTOGRÁFICO DA LÍNGUA PORTUGUESA

Global Editora e Distribuidora Ltda.
Rua Pirapitingui, 111 – Liberdade
CEP 01508-020 – São Paulo – SP
Tel.: (11) 3277-7999
e-mail: global@globaleditora.com.br

- grupoeditorialglobal.com.br
- @globaleditora
- /globaleditora
- @globaleditora
- /globaleditora
- /globaleditora
- blog.grupoeditorialglobal.com.br

Direitos reservados.
Colabore com a produção científica e cultural.
Proibida a reprodução total ou parcial desta
obra sem a autorização do editor.

Nº de Catálogo: **4665**

FLOR *de* POEMAS

Sumário

Nota editorial, por Paulo Mendes Campos 13
Poesia do sensível e do imaginário, por Darcy Damasceno 15

Viagem

Motivo 65
Retrato 65
Canção 66
Terra 67
Pausa 69
Epigrama nº 7 69
Ressurreição 70
Epigrama nº 9 70
Província 71
Destino 72
Marcha 74
Estirpe 75
Cantiga 76
Timidez 77
Taverna 78
Pergunta 79

Vaga música

Epitáfio da navegadora 83
O Rei do Mar 83
Canção excêntrica 84
Canção quase inquieta 85
Vigília do Senhor Morto 86
Epigrama do espelho infiel 87
Canção do caminho 88
A doce canção 89
Lembrança rural 90
Descrição 90
Velho estilo 92
Aluna 93
Memória 94
Retrato falante 96
Ida e volta em Portugal 98
Canção a caminho do céu 99
Encomenda 100
Reinvenção 100
Lua adversa 101
Da bela adormecida 102
Eco 105
Rimance 106
Despedida 107

Mar absoluto e outros poemas

Mar absoluto

Mar absoluto 111
Autorretrato 114
Madrugada no campo 116
Sugestão 117
Museu 118
Irrealidade 119
Este é o lenço 120
2º motivo da rosa 123
O tempo no jardim 124
Balada do soldado
Batista 124
Vimos a lua 126
Transição 127
Lamento da mãe órfã 127
Caronte 129
Madrugada na aldeia 130
Leveza 130
Blasfêmia 131
Carta 135
Desenho 136
Estátua 137
Enterro de Isolina 138
Mulher ao espelho 139
Transeunte 140
Natureza morta 141
Noite 141
Constância do deserto 143
Trânsito 143
Canção 144
Mudo-me breve 145
Nós e as sombras 146
Dia de chuva 147

Os dias felizes

O vento 149
Surdina 150
Madrugada 151
O aquário 151
Alvura 153

Elegia

1 155
2 156
3 157
4 157
5 158
6 159
7 160
8 162

Retrato natural

Cantarão os galos 167
Elegia a uma pequena
borboleta 168
Cantata vesperal 169
Balada das dez
bailarinas do cassino 170

O enorme vestíbulo ... 171
Canção póstuma ... 173
Infância ... 174
Comunicação ... 175
Canção ... 176
Improviso para Norman Fraser ... 176
Os gatos da tinturaria ... 177
Entusiasmo ... 178
Postal ... 179
Desenho ... 180
Profundidade ... 180
Faisão prateado ... 181
O principiante ... 182
O cavalo morto ... 182
A flor e o ar ... 184
Pastora descrida ... 184

Amor em Leonoreta

I ... 189
II ... 190
III ... 193
IV ... 194
V ... 195
VI ... 196
VII ... 197

Doze noturnos da Holanda

Dois ... 201
Três ... 202
Seis ... 204
Sete ... 205
Oito ... 207
Nove ... 208

O Aeronauta

Um ... 213
Seis ... 214
Oito ... 215
Dez ... 216
Onze ... 217

Romanceiro da Inconfidência

Cenário ... 221
Romance VII ou Do negro nas catas ... 225
Romance XI ou Do punhal e da flor ... 226
Romance XII ou De Nossa Senhora da Ajuda ... 228

Romance XIII ou Do Contratador Fernandes 230
Romance XIV ou Da Chica da Silva 235
Romance XXI ou Das ideias 238
Romance XXIII ou Das exéquias do Príncipe 242
Romance XXIV ou Da bandeira da Inconfidência 244
Romance XXVIII ou Da denúncia de Joaquim Silvério 248
Romance XXXI ou De mais tropeiros 249
Romance XXXIII ou Do cigano que viu chegar o Alferes 252
Romance XXXIV ou De Joaquim Silvério 253
Romance XXXVIII ou Do Embuçado 254
Romance XLV ou Do padre Rolim 256
Romance XLVI ou Do caixeiro Vicente 258
Romance XLVII ou Dos sequestros 260
Fala aos pusilânimes 262
Romance XLIX ou De Cláudio Manuel da Costa 265
Romance LIII ou Das palavras aéreas 267
Romance LVI ou Da arrematação dos bens do Alferes 269
Romance LX ou Do caminho da forca 272
Romance LXI ou Dos Domingos do Alferes 275
Romance LXVI ou De outros maldizentes 278
Romance LXXXIV ou Dos cavalos da Inconfidência 282

Pequeno oratório de Santa Clara

Eco 287
Glória 288
Clara 287

Canções

Como os passivos afogados 291
Muitos campos tênues 291
Na ponta do morro, ... 292
Há um nome que nos estremece, ... 293
De que são feitos os dias? 294
Dos campos do Relativo 294

Única sobrevivente 295
Trapezista (Jogos Olímpicos) 296

Pistoia, cemitério militar brasileiro

Eles vieram felizes, como 299

Dispersos

Cidade colonial 303
Elegia do Tapeceiro
Egípcio 304
Canção do deserto 305
Família 306
Rua da Estrela 307
Cantar de vero amor 309
Três orquídeas 310

Poemas escritos na Índia

Lei do passante 315
Cidade seca 316
Lembrança de Patna 316
Santidade 317
Tempestade 318
Família hindu 319

Metal rosicler

1 323
5 323
14 324
16 325
18 326
23 326
28 327
32 328
36 329

Solombra

Arco de pedra, torre em nuvens embutida, ... 333
Falo de ti como se um morto apaixonado 333
Como trabalha o tempo elaborando o quartzo, ... 334
Nuvens dos olhos meus, de altas chuvas paradas, ... 334
Eu sou essa pessoa a quem o vento chama, ... 335
Quero roubar à morte esses rostos de nácar, ... 335
Sobre um passo de luz outro passo de sombra. 336

Ou isto ou aquilo

Pescaria 339
Moda da menina trombuda 339
Tanta tinta 340
Leilão de jardim 341
A bailarina 342
O mosquito escreve 343
Ou isto ou aquilo 344

Bibliografia 345
Índice de primeiros versos 367

Nota editorial

Foi dos mais leves o encargo de organizar esta seleção dos poemas de Cecília Meireles.

São estas as alternativas de qualquer antologista: 1. A produção do autor é desigual, com peças mais altas, medianas e inferiores; 2. A produção do autor é harmoniosa.

No primeiro caso, corremos o tempo todo o risco de nos reconhecermos nos trabalhos menos valiosos ou de ficarmos atolados na perplexidade antiga: uma antologia deve ser qualitativa ou representativa?

Nesse embaraço não incorri: não há poeta moderno em língua portuguesa mais harmonioso do que Cecília Meireles; do princípio ao fim, com o mesmo fino fio de seda a incomparável artífice-e-artista teceu as suas peças inconsúteis. Ela repete muitos de seus temas, certo, mas é isso que nos deslumbra: o virtuosismo de seu gênio foi reviver indefinidamente os mesmos objetos. Talvez mesmo a sua arte poética, jamais confidenciada, esteja nessa disponibilidade constante do espírito diante da mesma rosa, da mesma noite, da mesma criatura.

Só há uma monotonia em Cecília Meireles: é a inacreditável qualidade de seus versos, é o nítido tecido conjuntivo de toda a sua obra. "Libérrima e exata" — Manuel Bandeira disse tudo em duas palavras.

Os poemas aqui reunidos não foram apanhados com as pinças da faculdade crítica, desnecessárias singularmente neste caso; vieram até mim como se estivessem mais imantados do que os outros. Foi só deixar que esse doce milagre acontecesse. Reduzir a atividade crítica ao magnetismo é uma suave consolação para quem faz antologia.

Paulo Mendes Campos

Poesia do sensível e do imaginário

Darcy Damasceno

I. FILIAÇÃO ESTÉTICA

Cecília Meireles surge para a literatura brasileira em 1922, apresentada pelo grupo de escritores católicos que, entre 1919 e 1927, através das revistas *Árvore Nova*, *Terra de Sol* e *Festa*, defendiam a renovação de nossas letras na base do equilíbrio e do pensamento filosófico. Seu aparecimento coincide com a eclosão do movimento modernista, do qual pretenderam aqueles escritores representar uma tendência, malgrado a diversidade de pontos de vista no enfocamento do fenômeno literário por parte dos grupos concorrentes.

A aproximação entre Cecília Meireles e os jovens congregados em torno de Tasso da Silveira e Andrade Muricy, embora não implicando compromisso de ordem doutrinária, delineava a feição espiritual de sua arte, inspirada em elevado misticismo, e acentuava a comunhão de juízos literários, expressa na admiração por Cruz e Souza e os poetas simbolistas. Num dos editoriais de *Festa* caracterizou Tasso da Silveira os ideais da confraria:

> Os da corrente *espiritualista* (que eu preferira chamassem *totalista*) não encontrarão, talvez, tão viva correspondência no consciente popular. E isso porque o pensamento que os orienta já significa uma elaboração superior do espírito filosófico, a que só pequeno escol intelectual pôde atingir. Eles querem, também, a expressão virgem e luminosa de nossa alma profunda, afirmada perante os outros povos como uma realidade digna de existir. Mas as indicações mais altas das virtualidades íntimas dessa alma,

pretendem eles bebê-las na fonte viva da tradição. E além disso consideram a realidade brasileira integrada na realidade universal, coparticipando dessa perene permuta de forças interiores entre os povos, que faz a complexa grandeza do mundo de nossos dias.

A atuação, em 1919, dos espiritualistas, se renovadora, era de aspecto bem diferente da do grupo paulista de 1922, cujas aspirações se veicularam através de *Klaxon*. Os pontos capitais que a determinavam e que, ainda em 1927, quando da revista *Festa*, constituíam seu programa mínimo, isto é, *pensamento filosófico*, *tradição* e *universalidade*, contrariavam o liberalismo de ideias, a ruptura com o passado literário e o caráter nacionalizante do movimento modernista. A diferença entre as duas tendências ressalta também na moderação dos espiritualistas a respeito das soluções formais, como se infere de outro editorial de *Festa*:

> [...] se dos ritmos modernistas pudermos fazer um instrumento mais sonoro e sensível do que os que já possuímos, de expressão total daquela ansiedade, será sob condição de não perdermos de vista que é ainda essa mesma ansiedade que palpita, em sua forma rudimentar, no instinto de todo o nosso povo e, em suas modalidades mais elevadas, no espírito de artistas e pensadores que um pormenor de forma exclui de todas as correntes modernistas.

Como se vê, a renovação pregada pelos escritores católicos era sobretudo de natureza ideológica; mas, ainda assim, não prescindia de encadeamento com antecedentes culturais. No tocante ao aparelhamento métrico, julgavam-se válidos os instrumentos herdados, a eles juntando-se o verso livre decadentista, cujas qualidades rítmicas o diferençavam bastante do homônimo proposto pelos modernistas de *Klaxon*. Isso explica o fato de que, embora manejando metros tradicionais, Cecília Meireles fosse apontada, quando da publicação de seus primeiros livros, como exemplo das possibilidades renovadoras que se atribuía à corrente espiritualista.

Mas o estudo acurado de *Baladas para El-Rei* e *Nunca mais... e Poema dos poemas* evidenciaria uma natureza artística muito afinada, ainda, com o movimento simbolista, e cujas peculiaridades, se pressagiadoras de um novo estilo poético, eram-no em favor da artista, que estreava provida de uma intuição rara em nossas letras, e não à conta do grupo a que pertencia.

Com a publicação de *Viagem*, o influxo simbolista perderia em relevo externo para traduzir-se em filosofia de vida e comportamento estético. A similitude temática e formal, que ligava Cecília Meireles e os epígonos do Simbolismo, cedeu lugar à pluralidade de motivos e à eleição de certos metros; o vocabulário típico substituiu-se por um léxico mais variado, e os preceitos espiritualistas de *pensamento filosófico, tradição* e *universalidade* vieram singularmente concretizar-se no menos ortodoxo dos renovadores.

O neossimbolismo

Embora publicadas em 1925, dois anos após o aparecimento de *Nunca mais... e Poema dos poemas*, as *Baladas para El-Rei* antecedem a aproximação, que se deu em agosto de 1922, entre Cecília Meireles e a revista *Árvore Nova*. Encontram-se, por tal, isentas de influência recente, ao contrário das peças do outro livro, que, sem embargo das reminiscências decadentistas, entremostram laivos do novo convívio e sugerem características personalíssimas postas a descoberto em *Viagem*.

À vista de sua filiação, não surpreende a temática das *Baladas*. Desencanto e renúncia, nostalgia do além e mística ansiedade são motivos constantes, a que corresponde uma linguagem tribal; os efeitos expressivos extraem-se da adjetivação abstrata, dos superlativos, das rimas nasaladas etc. Livro feito de tons fumarentos, de nebulosidades, onde os raros valores cromáticos revestem símbolos, as *Baladas para El-Rei* são um reflexo crepuscular de luz mortiça, mas, ao mesmo tempo, pela sua grave beleza, por seu isolamento, independem dessa luz. Elevam-se em paisagens ermas, contra perspectivas fugidias:

> Lá na distância, no fugir das perspectivas,
> Por que vagueiam, como o sonho sobre o sono,
> Aquelas formas de neblinas fugitivas?

Traço escolástico é a evocação de ambientes nórdicos, a que se associam estados anímicos:

> Há ligeirezas enfermas
> de luas da Dinamarca...

a atitude cismarenta, a difusão do ser na irrealidade, a personificação:

> A alma das flores, suave e tácita, perfuma
> a solitude nebulosa e irreal do ambiente...

temas a que poderíamos ainda juntar o exotismo de "Sem fim":

> Era uma vez uma donzela
> nos bons tempos do rei Guntar...

e "Da flor de oiro":

> Bárbara flor, ó flor de escândalo
> sonho revolto de oriental,
> tens sugestões de ópio e de sândalo...

A riqueza das *Baladas para El-Rei* encontra-se, por excelência, no veio místico, a que dizem respeito certos títulos de poemas ("Dolorosa", "De Nossa Senhora", "Dos cravos roxos", "Oferenda"), a tipologia (monjas, freiras) e a simbólica floral (açucenas, crisântemos, cravos roxos):

> Quando se acendem, silenciosos, os conventos,
> E as freiras tomam formas brancas de açucenas...

Há no vocabulário das *Baladas* uma denunciadora preferência pelas palavras longas, pela substantivação abstrata, dupla adjetivação, tornando-se o recurso, no último caso, quase esquemático:

> Lembrando a calma dos teus grandes olhos bentos
> Onde anda a luz das longas vésperas serenas
> Lento correr das longas tardes nebulosas
> O largo choro funerário de uma prece

A lentidão dos versos alexandrinos deriva de arranjos vocabulares em que dominam os polissílabos:

> Há desesperos silenciosos de abandono
> Morosidades de crepúsculo outonal
> E eu sofro a angústia irremediável da paisagem

São frequentes os sintagmas desse tipo. Assim, deparamo-nos com "ilusões retardatárias", "pessimismo impressional", "funerais desilusórios", "terminais desesperanças" etc.

No tocante à forma, o livro é de intencional monotonia. O mesmo ritmo, igual valor melódico seja para o octossílabo, seja para o dodecassílabo, verso que com aquele reparte a primazia de adoção. Predominando no segundo o corte ternário, vem ele a ser mera continuação rítmica do primeiro, que apresenta o aspecto singelo de cesura na quarta sílaba:

> Nossa Senhora já não sabe
> das coisas tristes deste mundo,
> em que se chora e se descrê...
> Nada mais há, nada mais cabe
> nos olhos seus, de luar profundo...
> Nossa Senhora já não vê...
>
> Os galos cantam, no crepúsculo dormente...
> No céu de outono, anda um langor final de pluma
> que se desfaz por entre os dedos, vagamente...

Há em todos esses poemas uma obsessora voz de litania que se levanta das rimas nasaladas e das constantes reiterações; certo paralelismo formal encontra-se em adequação com o espírito da obra, que é o de profunda contrição:

> Para os meus olhos, quando chorarem,
> terem belezas mansas de brumas,
> que na penumbra se evaporarem...
>
> Para os meus olhos, quando chorarem,
> terem doçura de auras e plumas...
>
> E as noites mudas de desencanto
> se constelarem, se iluminarem
> com os astros mortos que vêm no pranto...
>
> As noites mudas de desencanto...
> Para os meus olhos, quando chorarem...
>
> Para os meus olhos, quando chorarem,
> terem divinas solicitudes
> pelos que mais os sacrificarem...
>
> Para os meus olhos, quando chorarem,
> verterem flores sobre os palures...
>
> Para que os olhos dos pecadores
> que os humilharem, que os maltratarem
> tenham carinhos consoladores,
>
> se, em qualquer noite de ânsias e dores,
> os olhos tristes dos pecadores
> para os meus olhos se levantarem...[1]

....

1 "Para mim mesma".

Comparado às *Baladas para El-Rei*, *Nunca mais...* e *Poema dos poemas* representa sensível alteração na arte de Cecília Meireles. É óbvio que não se trata aqui de valores qualitativos, mas de comportamento em face do universo. Se o segundo desses livros vale por uma antecipação de recursos técnicos e amostra da filosofia de vida que iria ditar a forma de convívio entre o Poeta e seus semelhantes, o primeiro permanece como obra de raro quilate estético e da maior significação na poesia neossimbolista.

Embora entremostrando ainda os antigos vínculos espirituais da autora, *Nunca mais...* desprovia-se do ascético recolhimento, do fluxo sentimental e da enfermiça inquietação da obra precedente, desnudando em seus versos uma alma a que se achegaram o desencanto, a renúncia e a indiferença.

A consciência da fugacidade do tempo — mola mestra do lirismo ceciliano — aponta pela primeira vez em algumas peças do livro; a consideração da vida como sonho, a melancolia, um toque verlainiano na pintura de ambientes penumbrosos completam a caracterização da temática de *Nunca mais...* que do ângulo expressivo denota desbastamento da adjetivação, abandono do formulário simbolista e eleição de um fundo léxico no qual podemos ver a gênese da linguagem poética a ser exercitada a partir de *Viagem*.

O paralelismo formal, que em *Baladas para El-Rei* se desenvolvia em conjuntos estróficos de terceto e dístico (conforme o exemplo acima), não reincide em *Nunca mais...*, onde será absoluta a uniformidade de estrofação com o emprego já de quadras, já de tercetos. A versificação, por outro lado, embora não relegando o alexandrino de corte ternário, repousará por excelência no verso de oito sílabas, preferencialmente utilizado, aliás, em todos os livros de Cecília Meireles.

A nota denunciadora da influência sofrida pelo Poeta em seu acercamento do grupo de *Árvore Nova* encontra-se entretanto na segunda parte da coletânea — *Poema dos poemas* —, em que surgem os ritmos breves da composição longilínea. O tema único, depuração transcendente do assunto bíblico, toma o lugar das paisagens interiores, das evocações e das projeções anímicas, para elevar-se como espiral de súplica e oferenda. Neste conjunto, o que de mais importante existe para o estudo da personalidade artística de Cecília Meireles é a iniciação na heterodoxia formal, que a encaminhava para a prática do verso livre e a superação do repertório escolástico. O exercício não seria de longa duração, vindo o verso livre a tornar-se episódico nas fases subsequentes dessa poesia.

A evolução que, nos anos imediatos ao aparecimento desses dois livros, se processa no lirismo de Cecília Meireles iria levá-la por caminhos solitários a regiões até então desconhecidas da nossa literatura. Os poemas elaborados entre 1925 e 1929, abandonados em sua maior parte nos jornais e revistas em que se publicaram, deixavam já entender nessa poesia, como agudamente observou Andrade Muricy: "a mais escarpada e selvagem solitude de alma, a mais *atonal* música poética da geração".

E completava o mesmo crítico: "Nenhum vestígio do seu esplendor visual, nessa poesia de veemente austeridade: só e só o ardor perdido de desesperança, misticismo num universo vazio".

Tradição e universalidade

A premiação em 1938, pela Academia Brasileira de Letras, de *Viagem*, significou o reconhecimento de um empenho monacal no estudo da nossa tradição literária e na assimilação dos recursos expressivos da arte verbal. Com esse livro ingressava Cecília Meireles na primeira linha dos poetas brasileiros ao mesmo tempo que se distinguia como a única figura universalizante do movimento modernista.

A natureza da matéria poética trabalhada em *Viagem* levou muitos a não poucos equívocos, dos quais o mais frequente talvez tenha sido o de se considerar a autora mais ibérica do que brasileira. Ora, refletindo em seus versos o fruto de árdua, demorada e persistente aprendizagem, essa obra surgia entre nós num momento em que a maior parte dos poetas modernistas não se havia ainda desprendido das redes que lhes lançara a própria atividade renovadora; os vícios expressivos, o anedótico e o nacionalismo subsistiam em quase todos. Daí que o súbito rompimento do pano de boca, abrindo aos olhos surpresos um cenário de mais vastos horizontes, fosse tomado como acontecimento insólito, sem conexão com a conjuntura cultural de então.

Mas, ao contrário: *Viagem* estava não só dentro de linhas tradicionais, como também aspirava a ser — e o foi — a primeira obra acima de fronteiras que haja aparecido no Modernismo. Cumpria-se nela a preceptiva dos espiritualistas, quando reclamavam para a renovação de nossas letras encadeamento com a tradição, sustentáculo filosófico e intenção de universalidade.

Mais que a temática explorada ou a revalorização do sistema versificatório influía nos equívocos de julgamento o tecido filosófico da autora, que lhe determinava a ascética disciplina e lhe propunha indagações essenciais, cujas respostas era forçoso buscar. Algumas dessas indagações perdurariam nos livros posteriores, constituindo um veio inesgotável para sua poesia; outras, se solucionadas, custariam o preço de amargura e desencanto. A brevidade da vida, a incompreensão humana, a descrença religiosa ganham desde então maior relevo e se fazem motivo de contínua reflexão.

Viagem vale pela revelação definitiva de uma natureza artística em sua plenitude e de um estilo poético em seu ponto de perfeição. Na linha compreendida entre esse livro e *Retrato natural* exibe-se um painel temático de rara amplitude em nossa poesia moderna. A pluralidade de assuntos diz bem do interesse humano da autora e contraria juízos nem sempre decorrentes de acurado exame da obra poética; do mesmo modo, as mais humildes manifestações da vida, os seres mais diminutos, os episódios mais singelos são motivo de elevada reflexão por parte de quem, sustentado por exigente filosofia, busca em tudo uma lição de vida. Sobre o mundo se estendem seus olhos, que tudo aceitam no espetáculo do real; o espírito, entretanto, está em permanente vigília, indagando, concluindo, atento à sabedoria de que no concerto geral cada coisa existe porque independe de si e tudo se subordina à mecânica do universo. Assim em *Viagem*, ou *Vaga música*; assim em *Mar absoluto e outros poemas*, como em *Retrato natural* ou *Canções*. O mesmo espírito preside à composição de *Doze noturnos da Holanda* e *O aeronauta*; o mesmo frêmito surpreendemos nas peças de publicação avulsa — *Amor em Leonoreta* e *Pistoia, cemitério militar brasileiro* — e nas evocações líricas de *Giroflê, Giroflá*.

Quando em 1953 publicou Cecília Meireles o *Romanceiro da Inconfidência*, livro que lhe custara um tempo infinito de pesquisas históricas e no qual empregou o melhor de sua técnica, esclareceu-se de vez o equívoco da crítica ligeira: se testemunhos faltassem do seu arraigamento na tradição, bastaria a leitura daquelas peças repassadas de profundo amor à terra e comovida admiração pelos seus mártires.

II. VISÃO DO MUNDO

O conjunto de seres e coisas que latejam, crescem, brilham, gravitam, se multiplicam e morrem, num constante fluir, perecer ou renovar-se, e, impressionando-nos os sentidos, configuram a realidade física é gozosamente apreendido por Cecília Meireles, que vê no espetáculo do mundo algo digno de contemplação — de amor, portanto. Inventariar as coisas, descrevê-las, nomeá-las, realçar-lhes as linhas, a cor, distingui-las em gamas olfativas, auditivas, táteis, saber-lhes o gosto específico, eis a tarefa para a qual adestra e afina os sentidos, penhorando ao real sua fidelidade. Esta, por sua vez, solicita o testemunho amoroso, já que o mundo é aprazível aos sentidos; a melhor maneira de testemunhá-la é fazer do mundo matéria de puro canto, aprendendo-o em sua inexorável mutação e eternizando a beleza perecível que o ilumina e se consome.

Revelando-se a natureza física através dos sentidos, acontece às vezes que as impressões recebidas fervem na orla sensorial e se extinguem na alquimia da alma exaltada; outras vezes — é o caso de Cecília Meireles — se depuram e, incorporadas à inteligência, recriam-se verbalmente, voltando à luz enriquecidas pelo amor do Poeta, vivificadas por efeito de artes encantatórias. Se o contemplar é o árduo exercício da apreensão, e se o amor, polarizando-os, catalisa contemplador e objeto contemplado, o clima desse exercício deve ser o de exigente disciplina: o afago dos sentidos, a fruição, o gozo do contato não podem nunca atingir os limites da turbação, do arroubo, da cegueira, por maior que seja o deslumbramento no choque com a realidade. Decorrido o primeiro momento de contato com as coisas e neutralizada a corrente intensa dos estímulos externos, fixa-se nos objetos o contemplador, considera-os, interpreta-os e deles faz alvo de seu olhar, centro de gravitação da inteligência. A magia verbal, por mais fascinante, não deixa em nenhum momento confundidos contemplador e objeto contemplado, criador e obra recriada; em meio ao sortilégio conserva o mago a consciência de sua arte. Eis o exemplo:

> Soltei meus olhos no elétrico
> mar azul, cheio de música.[2]

Os dados da realidade apreendida foram filtrados, sensibilizados e feitos fabulação lírica; adjetivaram-se as coisas segundo as qualidades mais evidentes: mar *azul*, mar ondulatório, ressoante, *musical*; mas, sobretudo, mar *elétrico*. Dos três atributos reconhecidos no objeto, distingue-se o imprevisto; portanto, o que o Poeta julga mais significativo, e sua importância se percebe justamente pelo inesperado do emprego. A situação desse adjetivo, extremo, exigindo pausa no discurso, antepondo-se a *mar azul*,

---

2 "Terra" (*Viagem*).

denota aguda perscrutação e revela ao mesmo tempo o desejo de fazer da carga sugestiva dele o fulcro da imagem poética. Mar *azul*, sim; sonoro, *musical*, sim; mas *elétrico*, primeiro, pela reflexão dos raios solares que reverberam na superfície polida e se repartem, *elétricos*, pelo espaço.

A um poeta visual, apuradamente visual, como Cecília Meireles, não poderia escapar o desempenho de cada ser na mecânica do mundo. Sobre a vastidão da realidade física estendem-se os seus olhos, num levantamento rigoroso da vida em todas as suas manifestações. O ser orgânico e inorgânico, o bicho e a planta, a pedra e a luz, montanha, céu, floresta, tudo cabe no círculo enorme que dominam os olhos do contemplador. Daí certa tendência descritiva (melhor diríamos: representativa) de sua poesia, que exige a presença de elementos concretos mesmo nas peças intimistas onde se cristalizam estados anímicos. O trabalho da terra, o voo do pássaro, a criança ao sol, a mulher a cantar, a noite em seu giro, o bicho solitário, a menina órfã, o carreiro na estrada, a chuva no morto, o corpo nas ondas, eis alguns instantâneos da cadeia de imagens naturais que passa de livro a livro.

Se é grande a quantidade de cenas representativas da vida humana em múltiplos aspectos, e extensa a enumeração de cores e pedrarias, não menor é o relacionamento de espécies florais: a carnação redonda e o violento rubor da rosa, a leveza corpórea da papoula, a alvura longilínea dos lírios, a miúda azulação celeste do miosótis; anêmona, crisântemo, nenúfar, dália, goivo, alfazema, orquídea, cravo, gerânio, amor-perfeito, azálea, narciso, junquilho, gardênia, tulipa, malva, glicínia, manjerona, jasmim, bonina, girassol, margarida...

A rosa, tema de um ciclo de cinco peças em *Mar absoluto e outros poemas*, é abeirada já do ângulo pictórico, já do conceitual; mas, deste ou daquele, o que ressalta na fabulação é a acuidade perceptiva. Por ela enriquece o metaforismo do cantor, que se permite um desenvolvimento contínuo de processos imaginísticos:

> Vejo-te em seda e nácar,
> e tão de orvalho trêmula...[3]
> tu, que és de vinho
> e de romã,
> e, por orvalho e por espinho,
> aço de espada e Aldebarã?[4]
> Rosas verás, só de cinza franzida...[5]

ou como no "2º motivo da rosa", prodígio verbal que extrai da expressão humana os melhores meios de encantação. Aliado à consciência da transitoriedade, o tema havia de exigir tratamento barroco, entranhando os valores sintáticos um lastro conceitual de claro e inteligente cepticismo — o que de resto é constatado em todo o ciclo.

Também o amor-perfeito ascende na poesia de Cecília Meireles à categoria de símbolo; valiosos, contudo, são os dados impressivos que se colhem nesta passagem, onde a flor é evocada em seu fanado esplendor:

> Veludo de divinos teares,
> hoje seda e abolida,
> preserva os vestígios solares
> de que era feita a sua vida:
> frágil coração, capilares
> de circulação colorida.[6]

Da finura dos instrumentos de apreensão do Poeta lhe advém a capacidade de perscrutar singularmente o mundo físico, captando neste o rasgo imperceptível, a qualidade oculta, como também a faculdade de convulsionar a lógica discursiva, renomear os seres,

....

3   "1º motivo da rosa".
4   "3º motivo da rosa".
5   "4º motivo da rosa".
6   "Amor-perfeito" (*Mar absoluto e outros poemas*).

transmudar-lhes atributos, confundi-los todos e, do caos, dar ordem a novo mundo, onde as coisas renascem sob o signo do artífice: liquefaz-se a cor, sonoriza-se a luz, tangencia-se o aroma e o ar se encrespa.

Acuidade sensorial

Fato gramatical aparentemente singelo, a sinédoque é ponto de partida para um encadeamento de impressões sensoriais que, à maneira de certos fenômenos físicos, se multiplicam e perduram enquanto encontrem carga reatora:

> Minhas mãos ainda estão molhadas
> do azul das ondas entreabertas,
> e a cor que escorre dos meus dedos
> colore as areias desertas.[7]

Logicamente interpretado, o trecho indicaria simples substituição da coisa pelo atributo ("água azul" > *azul*), substituição que levaria a outra, a da parte pelo todo (*azul* > *cor*); do ponto de vista estilístico, entretanto, o fenômeno é mais complexo e sua interpretação se processa por fases. Distendida a mola da reinvenção léxica, a ruptura da aliança de dois elementos conceituais ("água" + "cor" = "água azul" > *azul*) produz a constelação de cargas semânticas nos respectivos campos sensoriais:

ÁGUA (> azul), onda, molhar, escorrer (*campo tátil*)

COR (> azul), cor (< azul), colorir (*campo visual*)

Tais cargas emprestam seu valor conceitual à formulação de duas ideias – "mãos molhadas pela água azul das ondas" e "água

---

7 "Canção" (*Viagem*).

colorida a escorrer, colorindo" —, as quais, em virtude da subitaneidade e interação das impressões, que se desenvolvem em cadeia (tátil-visual-visual-tátil-visual), desse modo se estruturam na expressão poética (relacionados pelos pontos os elementos lógicos; por A indicado o sugeridor de A'):

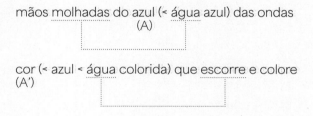

Também o corpo do cavalo morto, que pesa na terra aos olhos dos viajantes ("O cavalo morto", em *Retrato natural*), é origem de diferentes associações sensoriais em diferentes relações metafóricas: relações de oposição entre a vida já realizada (a das estrelas) e a vida por se realizar (a das flores); entre as flores não nascidas e o corpo do cavalo:

> As estrelas ainda viviam
> e ainda não eram nascidas
> ai! as flores daquele dia...
> — mas era um canteiro o seu corpo:
> um jardim de lírios, o cavalo morto;

associações visuais e auditivas, que se despertam mutuamente: o enxame de moscas, o zumbido como que líquido, a cristalinidade verde dos insetos, o rumor da água precipitada:

> Muitos viajantes contemplaram
> a fluida música, a orvalhada
> das grandes moscas de esmeralda
> chegando em rumoroso jorro.

Evocação puramente visual e que nasce não da observação de pormenores, mas da contemplação do objeto inteiro, surge no verso seguinte:

>Adernava triste, o cavalo morto

grande, pesado, inútil, o corpo do animal figura um barco que também pendesse, abatido, sem que, entretanto, dos dois objetos relacionados se enuncie o segundo, evocado. O efeito é conseguido mercê de singular economia e se desenvolve na estrofe imediata, na qual o elemento sugerido — navio — vem claramente expresso em construção comparativa:

> E viam-se uns cavalos vivos,
> altos como esbeltos navios,
> galopando nos ares finos,
> com felizes perfis de sonho.

À pesada inutilidade do cavalo morto contrapôs a leveza, a mobilidade, a esbeltez de barco dos cavalos vivos e o afilado dos perfis, qual aéreas proas.

Não terminaria aqui, naturalmente, a análise do poema, porquanto, nas passagens anteriores, procuramos apenas recolher alguns dados exemplificadores do apuro visual do Poeta. Observe-se, a propósito, a tendência para a representação gráfica, pelo frequente emprego de adjetivos como *nítido*, *exato*, *íntegro*, *claro*, ou de substantivos como *desenho*, *compasso*, *geometria*; para a plasticidade, pelos motivos constantes dos "retratos" e das "estátuas". Do simples debuxo:

> No aço azul da noite
> teu firme retrato
> [...]
> acorda entre nuvens
> já desbaratado...[8]

---

8 "Fragilidade" (*Retrato natural*).

à sugestão do movimento suave, curvilíneo:

> Longos cortinados
> de aéreo marfim,
> — sois, de ambos os lados,
> anjos a cair...[9]

deste ao acelerado:

> Longos adeuses pelas varandas
> perdem-se; e vão fugindo em mármore
> cascatas céleres de escadas...[10]

da composição em claro-escuro com aproveitamento concomitante da cromática verbal:

> As palavras que escutava
> eram pássaros no escuro...
> pássaros de voz tão clara,
> voz de desenho tão puro!...[11]

à incrustação de camafeu:

> Inclina o perfil amado
> nos veludos do silêncio
> e apaga sobre esse quadro
> as velas do pensamento...[12]

vai o Poeta jogando com linhas, sombras, massas e claridades, como o desenhista, o arquiteto ou o gravador...

....
9 "Melodia para cravo" (*Retrato natural*).
10 "Cantata vesperal" (*Retrato natural*).
11 "Melodia para cravo" (*Retrato natural*).
12 "Inclina o perfil" (*Retrato natural*).

A expressão mais alta desse pendor encontramos em "Cantarão os galos" (*Retrato natural*), em virtude da fusão de elementos sensíveis e conceituais:

> Nós estaremos na morte
> com aquele suave contorno
> de uma concha dentro da água

A atribuição, à morte, de certa característica física, a fluidez, confunde-se com o estado de amolecimento da sensibilidade; num meio instável, inconsistente se desfaz o ser, permanecendo apenas, nesse meio líquido em que se submerge, a forma, lembrança nítida, leve e delicadamente nítida.

Associações sensoriais

Nas associações a que se presta a imagem visual, na poesia de Cecília Meireles, mais frequentes são os conjuntos visuais-auditivos. Neste exemplo a imagem visual decorre de impressão auditiva:

> O rumor de suas penas
> era um sussurro de fontes
> brancas em tardes morenas.[13]

Um elemento auditivo — o rumor das asas da pomba — origina um correspondente metafórico, do mesmo campo sensorial (*sussurro de fontes*), que se visualiza cromaticamente pela adjetivação (*fontes brancas*); estabelece-se então um contraste de imagens visuais:

> fontes brancas em tardes morenas.

....

13 "Pomba em Broadway" (*Retrato natural*).

Também em:

> ... E é um longo cometa
> a aérea franja da sua voz...[14]

a imagem visual decorre de impressão auditiva; esta, antes de se corporificar predicativamente em metáfora (*longo cometa*), já se configurara numa representação visual (*aérea franja*).

Mas pode a imagem visual ser ponto de partida para as associações. Em certo passo de "A menina enferma" (*Viagem*), um objeto nitidamente delineado projeta-se na imaginação do leitor por meio auditivo:

> A mão da menina enferma refratou-se também na água
> pura, como, outras vezes, sua voz, nesses rios do céu.

Em que pese a simplicidade da fala, direta pela ordenação dos termos e bimembre pela estruturação, há nos dois versos certa singularidade, resultante do emprego de um enunciado metafórico (refração da voz nos rios do céu) para tornar mais inteligível, por obra da comparação, um enunciado lógico, não carente, por sua natureza, de meios auxiliadores de entendimento. Transtornando as normas da comunicação verbal, investiu-se de mais importância o enunciado gramaticalmente acessório, embora esse, do ponto de vista da expressão poética, seja o mais expressivo e, portanto, o que, por seu aspecto figurado, solicita um correspondente lógico:

> a voz refrata-se nos rios do céu,
> como na água pura se refrata a mão.

A representação visual ("refração") da impressão auditiva ("canto") é, a um tempo que plástica, dinâmica, pois há na imagem

---

14 "Apelo" (*Retrato natural*).

sugestão ondulatória, oscilante, favorecida pelos elementos circunstanciais utilizados (*água pura; rios do céu*) — elementos líquidos, instáveis por excelência. Mais do que enxuto grafismo, revela o efeito nervosa vibração, desde o motivo inicial, gerador — a mão que se refrata na água transparente — ao elemento gerado, de tipo auditivo — voz em modulação variável —, o qual se visualiza (retorno, pois, ao campo gerador) valendo-se ainda da figuração (*rios do céu* = ares em movimento, sopros que determinam a variação de timbre e intensidade da voz).

De certo modo, o procedimento é semelhante ao destes versos:

> De que onda sai tua voz,
> que ainda vem úmida e trêmula,
> — orpo de ristal,
> — coração de estrela...?[15]

Aqui, a imagem *onda* é concebida não propriamente em campo visual, mas tátil (moleza, maciez), nela influindo também sensações de umidade e movimento. Tais sensações, a par da sonoridade, levam ao metaforismo de feição visual: *voz = coração de estrela*, pela tremulação, pelo palpitar.

De novo a aproximação de "voz" e "água", com a constante evocação de tremor, de vibração, encontramos numa referência ao cavalo ("Lamento do oficial por seu cavalo morto", em *Mar absoluto*):

> Rei das planícies verdes, com rios trêmulos de relinchos...

Associações numerosas são feitas em "Descrição" (*Viagem*), onde a frase, de ordenação direta, é monótona, obsidiante:

> Há uma água clara que cai sobre pedras escuras
> e que, só pelo som, deixa ver como é fria.

....
15 "A vizinha canta" (*Vaga música*).

Além do contraste cromático (jogo visual, portanto), despertam-se nesses versos sensações auditiva e térmica; mas o efeito que procura e consegue o Poeta não está no mero acúmulo de impressões; sim na modalidade de expressão. Embora seja *água clara* o elemento poético fundamental, a impessoalidade do primeiro verbo — haver — se sobrepõe em princípio a qualquer denotação de natureza sensorial, conferindo ao enunciado um caráter abstrato. O discurso é mais intelectual, digamo-lo assim, que sensual, isto é, expressa antes um fato constatado pela inteligência do que denunciado pelos sentidos, apesar de as ideias que o compõem serem todas de origem sensorial: água, claridade, pedras, escuridão, sonoridade, frialdade. A denotação do fato (queda de água) se faz de modo evocativo, no plano da memória, mas se transpõe para o presente (*Há*, em vez de "Havia"). Deparamos assim um caso de visualização, não de visão, em virtude de o fato se configurar fora da área dos sentidos; estes, entretanto, se impressionam por força da evocação, atualizadora do passado. De outro lado, o emprego abstrato do verbo *ver* (*deixa ver* = permite supor, pensar) contribui para essa oscilação de planos intelectual e sensível. Observe-se finalmente que a estrutura imaginística do segundo verso é sustentada por uma falsa impressão auditiva: visualizado que é o objeto gerador do som, este não pode ser real; entretanto representa-se na imaginação do Poeta como verdadeiro, evocando imediatamente uma impressão em zona sensorial diversa (frialdade) e ligando-a predicativamente ao objeto gerador (*água clara*).

Falsas impressões, porque resultantes do recurso evocatório, ocorrem também no "Rimance" (*Viagem*):

>E sofro mais ouvindo um rio
>que ao longe canta pelo chão,
>que deve ser límpido e frio...

onde um misto auditivo-visual (*ouvindo um rio*) provoca sensações óptica (*límpido*) e térmica (*frio*) cuja irrealidade se desprende da expressão dubitativa (*que deve ser...*). Do mesmo modo, no poema "Excursão", assim começado:

> Estou vendo aquele caminho
> cheiroso da madrugada:

Reconstitui-se no campo da memória uma sensação, visual, cuja fidelidade é testemunhada pela identificação de outra, olfativa (*caminho cheiroso*), mas a dualidade do fenômeno se deduz da continuação dos versos, onde o que inicialmente parecia ocorrência presente (*Estou vendo*) se revelou retrospecção, fato intelectual, e teve sua circunstância temporal verdadeira projetada no passado, pelo emprego das formas verbais do imperfeito:

> pelos muros, escorriam
> flores moles da orvalhada;
> na cor do céu, muito fina,
> via-se a noite acabada.

O caráter obsedante da evocação é marcado pela monotonia anafórica:

> Estou vendo aquele caminho...
> Estou pensando na folhagem...
> Estou diante daquela porta...

e frisado pelo demonstrativo sempre mesmo (*aquele caminho... aqueles passos... aquela porta...*), como a leitura do poema permite ver.

É ainda do livro *Viagem* uma poesia ("Inverno") que descobre claramente a tendência de Cecília Meireles para catalisar elementos sensoriais e extrair dessa operação efeitos da maior expressividade. Embora mais conceitual do que possa parecer a uma leitura desprevenida, a peça é elaborada com tal magnificência, com tal sensualismo de elocução, que periga de fascinar o leitor pela pletora de imagens e pelo luzimento do arabesco verbal, antes que pelo solene e elegíaco do motivo. Fixemos apenas duas estrofes:

> A primavera foi tão clara
> que se viram novas estrelas,
> e soaram no cristal dos mares,
> lábios azuis de outras sereias.
>
> Vieram, por ti, músicas límpidas,
> trançando sons de ouro e de seda.
> Mas teus ouvidos noutro mundo
> desalteravam sua sede.

Cristal de lisura e transparência em cujo interior se percebe o latejar da vida, o poema exibe nos versos transcritos o maior intricado de estrias sensoriais. Atentando no primeiro quarteto, vemos a expressividade dos elementos sensíveis decorrer de uma carga emocional que se liberta de partícula intensiva (primavera *tão clara*) e contagia as orações seguintes (... *tão* clara *que... e...*), fechando-se na mesma estrofe o circuito afetivo alimentado por aquele valor de intensidade.

Os efeitos estilísticos obtidos nesse primeiro conjunto — mostra-o cuidadosa análise — provêm de procedimentos retóricos mirantes ao ornato, mas resultantes em matriz de complexidade. Logicamente, aí se exprimem duas ideias ("aparecimento de estrelas em virtude da excessiva claridade da primavera" e "audição do canto das sereias nos mares clareados"), as quais se representam por quatro imagens sensíveis: 1ª. primavera clara (im. vis.); 2ª. aparecimento de novas estrelas (im. vis.); 3ª. vozes de sereias (im. aud.); e 4ª. coloração do mar (im. vis.). O convulsionamento da linguagem, entretanto, que se permite o Poeta, provoca não só o acrescentamento das denotações sensoriais, por se desdobrar a terceira imagem (até então unicamente auditiva) em auditiva visual (*soaram... lábios azuis*), como a ruptura da gravitação lógica, pela inusitada especificação de atributos.

Se o sintagma *cristal dos mares* esconde surpresas por trás de sua simplicidade, como adiante veremos, o enunciado *soaram... lábios azuis* supõe um procedimento preliminar que permita a associação de impressões oriundas de zonas sensoriais diferentes. Tal procedimento consiste em consumar-se reiterada sinédoque: implícita — "vozes" > "boca" — e explicitamente — "boca" > "lábios". Exemplo: o verso de "Partida", em *Vaga música*:

meus olhos que pensam, meu lábio que canta?

Somente após essa operação — troca sucessiva do atributo pela coisa e da coisa pela parte — pôde o Poeta chegar à aliança que, embora insólita, era admissível (concreção + cor incaracterística) e apresentava, sob aspecto de dado exclusivamente visual (*lábios azuis*), um composto auditivo-visual ("vozes azuis").

Admitida assim a possibilidade da aplicação cromática, perduraria sem embargo no espírito do leitor a estranheza ante o fato de cair no campo de atração de *lábios* o atributo *azuis*, quando no discurso um objeto a que melhor se associe (*mares*) ocorre claramente expresso.

Com intuito de desfazer semelhante estranheza, fixemo-nos em nova sinédoque: *cristal dos mares*. Ainda aqui o atributo substitui a coisa (*cristal dos mares* = "mares de cristal" = "mares cristalinos"). Ora, reconhecida no objeto uma qualidade, percebe-se o desequilíbrio que adviria à fabulação com o sobrecarregar-se aquele de atributos ("mares cristalinos e azuis") e privar-se de qualificação outro objeto (*lábios*), partícipe também do jogo de oposição auditivo-visual e reclamante, portanto, de parte do enunciado lógico ("soaram lábios... nos mares..."). Advirta-se ademais que exagerado seria esse acúmulo se a "cristalinos" lhe reconhecêssemos valor visual; estaríamos então atribuindo a *mares* duas qualidades de tal valor e, mais, ambas cromáticas. É óbvio pois que "cristalinos" não tem no presente caso a equivalência de "cintilantes", "resplendentes", como em "Despedida", de *Vaga música*:

> Quem fala em praias de cristal e de ouro
> abrindo estrelas nos aléns do mar?

mas (porquanto a sonoridade é atributo do mar) a de "sonoros", "musicais" (conforme supra):

> ... elétrico
> mar azul, cheio de músicas.

Chegamos por esse raciocínio à seguinte formulação do enunciado: "soaram nos mares cristalinos lábios azuis..."

Daí à desmontagem do sutil mecanismo do discurso poético breve é o prazo, pois já nos damos conta de que um procedimento retórico final — a hipálage — funciona como fulcro das figurações constantes nos versos:

> e soaram no cristal dos mares,
> lábios azuis de outras sereias.

A recondução dos valores adjetivos aos respectivos subordinantes restabelece a lógica do pensamento. Frente a dois atributos — "cristalinos" e "azuis" —, pertencentes um ao campo auditivo e outro ao visual, nada mais cabe senão reintegrá-los em suas órbitas: "lábios (< "vozes") cristalinos" e "mares azuis". Recompõe-se desse modo o esquema lógico S + A' – S' + A', que permitiu a hipálage S + A' – S' + A, ou seja, "vozes cristalinas" – "mares azuis", retoricamente expresso por *lábios azuis* – "mares de cristal".

Complexidades de tal tipo reaparecem na segunda estrofe, onde os fios auditivos-visuais de:

> ... músicas límpidas,
> trançando sons de ouro e de seda...

requeriam demorado destrinçamento, mais demorado ainda se dessa imagem última — "sons de seda" — adentrássemos pelo campo da percepção tátil (voz lisa, branda e macia como seda, "voz sedosa").

A natureza

A visão da natureza física não é, na poesia de Cecília Meireles, apenas pormenorizada; também panorâmica. Ademais da meticulosidade na inventariação das coisas, ocorre nela a pintura larga, policrômica, na qual se retrata um cenário de árvores, nuvens, rios, bichos e homens. No campo, sobretudo, busca o Poeta seus motivos, e esse pendor para o ruralismo encarrilha-se por profundos vínculos panteísticos.

Se "Luar" (*Viagem*) nos revela uma natureza noturna, vegetal, "Província", no mesmo livro, reconstitui, à base da evocação, o vilarejo roceiro com suas tintas naturais e o anedótico da vida humana; pinceladas de luz traduzem o entusiasmo do contato com o mundo amanhecido:

> Com que doçura a transparente aurora
> tece na fina seda do arrozal
> aéreos desenhos de orvalho!...[16]

e convulsiona-se a fabulação, nela acendendo-se lampejos de prodígio:

> Ó verdes sombras, claridades verdes,
> que esmeraldas sensíveis hei nutrido,
> para sobre o meu coração verterdes
> mirra de primavera e de olvidos?[17]

....

16 "Madrugada no campo" (*Mar absoluto e outros poemas*).
17 "Surpresa" (*Mar absoluto e outros poemas*).

"Lembrança rural" (*Vaga música*), ponto alto do Bucolismo, regista um procedimento singular de apreensão da realidade, que se faz da parte para o todo: frases curtas, ritmo arrastado, constatação gradativa da natureza campestre:

> Chão verde e mole. Cheiros de selva. Babas de lodo.
> A encosta barrenta aceita o frio, toda nua.
> Carros de bois, falas ao vento, braços, foices.
> Os passarinhos bebem do céu pingos de chuva.

Atitude sensual, visão física do mundo circundante, que se contrapõe à atitude intelectual tomada em "Campo" (*Mar absoluto e outros poemas*), onde um sopro horaciano de amável invocação perpassa os versos longos, de vagarosa cadência:

> Vem ver o dia crescer entre o chão e o céu,
> o aroma dos verdes campos ir sendo orvalho na alta lua.
> Os bois deitados olham a frente e o longe, atentamente,
> aprendendo alma futura nas harmonias distribuídas.
> [...]
>
> Neste descanso imenso, quem te dirá que viveste em tumulto,
> e houve um suspiro em teu lábio, ou vaga lágrima em teus
> [dedos?
>
> Morreram as ruas desertas e os seus ávidos habitantes
> ficaram soterrados pelas paixões que os consumiam.
> [...]
>
> Em tua mão quieta pousarão borboletas silenciosas.
> Em teu cabelo flutuarão coroas trêmulas de sombra e sol.
>
> Tão longe, tão mortos, jazem os desesperos humanos!
> E os corações perversos não merecem o convívio sereno das
> [plantas.

Mas teus pés andarão por aqui entre flores azuis,
e o seu perfume te envolverá como um largo céu.
[...]

Acima do lodo dos pântanos, verás desabrochar o voo branco
[das garças.
E, acima do teu sono, o voo sem tempo das estrelas.

O tratamento do tema evolui para a integração do elemento humano na paisagem, *e.g.* "Ida e volta em Portugal", "Soledad", "Canção do carreiro", "Domingo de feira", "Mexican list and tourists", em *Vaga música*, "Madrugada na aldeia", em *Mar absoluto*, ou "Ar livre", em *Retrato natural*. Fugindo às peças avulsas, encontramos em *Mar absoluto* um recolho de dezessete poemas que, sob o título geral de "Os dias felizes", constituem eufórica exaltação da vida agreste. Profusão de cores, relevo humano, arranjos rítmicos, efeitos expressivos como a aliteração e a harmonia imitativa ressaltam na coletânea, denotando otimismo e disponibilidade de espírito.

De representação multiforme na poesia de Cecília Meireles, a natureza, de modo geral, não se dissocia da presença humana: o dia, a noite, crepúsculos, madrugada e manhãs, o campo, o mar e jardins têm seus povoadores: os pássaros, as borboletas, os bois, os peixes, as crianças; nessa natureza mercam-se as coisas, trabalham os rústicos, enterra-se a menina e há gente que canta, gente que chora e serve a gleba.

III. CONSIDERAÇÃO DO MUNDO

Ao otimismo irradiante do contato com a natureza física, amorosamente aprendida, sucede, como não poderia deixar de ser, a tomada de posição da inteligência frente à realidade. Magnetizado pela beleza do mundo, o espírito indagador, como o heliotrópio, descreve uma órbita que segue o sol; mas, como o heliotrópio, avança lentamente para regiões crepusculares, onde a penumbra é soleira do desconhecido.

A consideração das coisas resulta na consciência de que a vida é um fluxo constante e o tempo tudo corrói; a constatação da transitoriedade emerge como o verme antecipador do podre que um dia há de ser o apetecível fruto da vida. Daí que às descargas dos sentidos se sobreponha a indagação, a análise, a atitude inteligente.

Do conflito entre a realidade que foge e a alma que aspira a preservá-la decorre o estado espiritual que através do tempo e sobretudo no século XVII caracterizou o barroquismo, lastreando-se do sentimento de melancolia ante a impossibilidade de manutenção das coisas. A procurar-se na poesia de Cecília Meireles a origem dos filões mais ricos, apontaríamos seguramente na mina barroca. Mas há que distinguir.

Se o barroquismo comportava o desorbitamento, a instigação da sede jamais desalterada, a ânsia de perpetuar o que, por natureza, era precário, também comportava a contensão, o esquivamento à posse e ao gozo, por saber este a fruto ácido e as coisas vestirem cores enganosas. Assim, sofrendo ambos do mesmo mal, dois espíritos irmãos e litigantes se levantam no complexo do barroquismo para defrontar a realidade: um, gongórico, sabendo-a colorida e passageira, a ela se atira com gozo enraivecido; pressente o nada que no bojo de tudo está em germe e prefere-a tangível, deixando cegar-se pela sua luz; outro, quevedesco, refoge a exaltação: considera a realidade em sua futura aparência polvorosa e esquiva-se à cegueira voltando os olhos para o cone penumbroso onde se abisma tudo. Em ambos os casos, entretanto, diferentes que sejam as reações aos estímulos do mundo, encontramos um só motor: a consciência da transitoriedade.

Pela poesia de Cecília Meireles intromete-se o veio barroco de conteúdo mais melancólico, ou seja, o quevedesco. Isso antecipa a afirmação de que ao cintilamento da sensibilidade vai substituir o crepúsculo conceitual, descrevendo o espírito a trajetória que vai das coisas físicas à sua figuração mental, das aparências aos conceitos, da realidade à metafísica.

Nesta nova etapa em que se surpreende a consciência do artista, vemos que as vivências tendem, ao se concretizarem no poema, à desvinculação do sensível e à fixação no terreno intelectual. Volta-se para as coisas o Poeta, não mais para proclamá-las, exaltando-lhes atributos ou recriando-as, mas para sondar-lhes a secreta essência:

> Agora, o cheiro áspero das flores
> leva-me os olhos por dentro de suas pétalas.[18]

Certa abstração de linguagem, rompendo o tradicional dos compostos imaginísticos (relação entre noções concretas), prenuncia a mudança de comportamento: *gosto de sofrimento*; *sangue dos segredos*; *gume do pensamento*; *perfume quase doloroso* etc. Por outro lado, expressões dubitativas:

> Talvez Deus veja em seus sonhos
> — ou talvez não veja nada —
> que...[19]

> Talvez o mundo nascesse certo;[20]

> Parece que às vezes me falam
> Mas também não tenho certeza...[21]

e sentenciosos são os primeiros dados do cepticismo que informará o espírito do Poeta na consideração da realidade.

....

18 "Recordação" (*Vaga música*).
19 "Canção para a menina antiga" (*Vaga música*).
20 "Confissão" (*Vaga música*).
21 "Contemplação" (*Mar absoluto e outros poemas*).

Pelo seu lastro conceitual, a que raramente falta certa agudeza manada de extrato filosófico, a sabedoria das sentenças traduz uma esquivança aos bens transitórios e aos frutos enganosos, constituindo-se de alguns temas de valor eterno, quais sejam a mutabilidade das coisas, a precariedade do mundo, a instabilidade da fortuna, a vaidade humana, a insatisfação amorosa, a estipulação da dor como preço da felicidade. Compreende-se pois a alta frequência de poemas rematados reflexivamente:

> Coitado de quem pôs sua esperança
> em praias fora do mundo...
> — Os ares fogem, viram-se as águas,
> mesmo as pedras, com o tempo, mudam.[22]

> Na verdade o chão tem pedras,
> mas o tempo vence tudo.
> Com águas e vento quebra-as
> em areias de veludo...[23]

> Não há nada que submeta
> o que Deus nos arrebata
> segundo a vontade sua...[24]

A abonação seria fastidiosa: "Onda", "História", "Timidez", em *Viagem*; "A mulher e a tarde", "Modinha", "*Soledad*", em *Vaga música*; "Mulher ao espelho", "Viola", em *Mar absoluto*; "Improviso", "Fragilidade", em *Retrato natural*, e tantas outras "canções", "quadras", "modinhas", "cantigas" etc.

....

22 "Valsa" (*Viagem*).
23 "Canção do carreiro" (*Vaga música*).
24 "Chorinho" (*Vaga música*).

A brevidade da vida

Vemos assim avivarem-se os rastros da alma alertada contra os desenganos do mundo, desenganos que se enfeixam num tópico principal: o da brevidade da vida. A insegurança do ser humano, a fragilidade das coisas, a inconstância da sorte, a ideia de que tudo é sonho são temas que, direta ou indiretamente, daquele decorrem:

> tudo é um natural armar e desarmar de andaimes
> entre tempos vagarosos,
> sonhando arquiteturas,

dirá o Poeta em "Guerra" (*Mar absoluto*).

Embora traço nítido e o mais distintivo do espírito barroco, a consciência da transitoriedade aponta em todas as épocas literárias, culminando nos momentos de decadência. Lugar-comum na Antiguidade, rasgo retórico na Idade Média, punge, do

> *Collige virgo rosas*

ausoniano à copla manriquenha:

> *Nuestras vidas son los rios,*

da cogitação camoniana:

> *Mudam-se os tempos, mudam-se as vontades,*

à sombria reflexão quevedesca:

> *Todo trás si lo lleva el año breve,*

a dor, nem sempre resignada, de saber-se o homem pó da terra e poeira do tempo o espetáculo do mundo.

Na poesia de Cecília Meireles, o tema é tratado sob diferentes aspectos. Ora implica uma admoestação:

> Escuta o galope certeiro dos dias
> saltando as roxas barreiras da aurora;[25]

ora exprime ansiedade:

> Apressa-te, amor, que amanhã eu morro;[26]

já se traduz por melancólica ironia:

> Relógios certeiros:
> a noiva já desce,
> e está pronta a morta...[27]

já se desgarra em desesperado amargor:

> Quero um dia para chorar.
> Mas a vida vai tão depressa![28]

Mercê da multiplicidade de associações a que o tópico se presta, constelam-se em torno dele motivos retóricos tradicionais, de que a decantação da rosa é talvez o mais caro à imaginação poética. Símbolo da beleza magna e momentânea, cuja vida se confina entre dois sóis, a rosa é comoção para os sentidos e advertência para o espírito; vigorosa em possibilidades plásticas, é frágil na sua condição de cinza iminente, donde o arrepio da inteligência, a prudente reflexão que replica ao arrebatamento sensual. Pondere-se, entretanto, que na lírica ceciliana o assunto ultrapassa

....
25 "Cavalgada" (*Mar absoluto e outros poemas*).
26 "Canção" (*Retrato natural*).
27 "Tempo celeste" (*Retrato natural*).
28 "Canção" (*Retrato natural*).

o plano em que o situa o barroquismo. Neste, por fatores de época, a exploração do tema era reconhecidamente moralizante; busca-se, pela imagem da rosa, lembrar aos homens a curteza da vida, a inutilidade das pompas e o insensato da vaidade: já nos cinco "motivos da rosa" insertos em *Mar absoluto e outros poemas*, a reflexão, sobre chegar a conclusões menos melancólicas, decorre naturalmente de um impulso laudatório. Beleza efêmera que seja, a rosa, embora surda ao canto e alheia a si mesma, eterniza-se no verso que a celebra, contrastando com o precário do rosto que a contempla e nela se reflete (1º, 2º e 3º "motivos"). Da consideração da flor, que morre em formas e vive em perfume, tira-se a lição que aproveita aos homens: ser e deixar de ser é sempre um modo de vida; feitos perfume e lembrança, perduramos no que de nós se perde (4º "motivo"). Só a contemplação, sendo amor, nos toca de eternidade; só a lembrança resume e perpetua quanto se consome (5º "motivo").

Guardando a leveza clássica dos epigramas, tais composições recendem a ameno epicurismo, se bem nelas procure antes o Poeta captar um lampejo de beleza, que usufruir o espetáculo e as prendas do real. O luxuriante dos meios expressivos, no qual se concertam todos os sentidos, conjuga-se, adequadamente à posição estética assumida pelo artista na especulação da realidade, com o pendor reflexivo.

Essa dualidade de sensível e conceitual é frequente na poesia de Cecília Meireles. Contínuo latejar, a consciência da fugacidade não apenas se torna mola mestra do lirismo, como, por ansioso esforço de apreensão do fugidio, busca no concreto as amarras dos fios imaginativos. Daí por vezes o engalanamento do discurso mesmo nesta fase de consideração do mundo físico; daí a procura de esteios sensoriais para o enunciado poético mesmo quando do tratamento de noções abstratas. Atente-se, por exemplo, na elegia de *Viagem* — "Inverno" —, anteriormente comentada, onde o desenvolvimento do motivo — a morte física — tem lugar mediante requintado aparato expressivo, para terminar pela fixação de um instantâneo de beleza — o sorriso final do morto:

> Mas tu estavas de olhos fechados
> prendendo o tempo em teu sorriso.
> E em tua vida a primavera
> não pôde achar nenhum motivo.

Visão de graça e plenitude que se faz eterna, a expressão derradeira do objeto contraria a própria morte e, fazendo-se memória, impede a fluência do tempo.

Ainda noutros passos surpreendemos a sofreguidão por preservar uma centelha do tempo, um instante que, pleno de luz e de formas, mereceu contemplação e amor: veja-se o "Retrato de uma criança com uma flor na mão" (*Retrato natural*):

> Naquele instante divino,
> com a tênue flor na mão,
> mereceu seu destino
> palma e galardão.

onde ensombra a melancolia da mutabilidade:

> Era tão linda! E estou triste.
> Deus, por que permitiste
> sobrevivesse à flor?

veja-se "Pássaro", no mesmo livro, breve meditação sobre a morte inspirada num flagrante colorido suspenso no tempo, à feição dos cromos de cartão-postal:

> Aquilo que ontem cantava
> já não canta.
> Morreu de uma flor na boca,
> não do espinho na garganta.

Mais que a morte, mera circunstância, mais que a mudança do ser vivente em coisa bruta (note-se a consequente perda de condição: "aquilo" em vez de "pássaro"), impressionam as aparências, os dados sensíveis: a lembrança do canto e a visão da boca afogada em flor — lampejo de eternidade que, fulminando o pássaro, lhe grava a postura final e contradiz o inglório da morte pelo espinho.

A existência

Do ponto de vista filosófico assumido pelo Poeta, a existência carece de sentido. A fugacidade do tempo, a precariedade dos seres motivam, também na consideração do trânsito humano sobre o planeta, o recurso a alguns temas barrocos; o cepticismo colore com tintas cinzentas a reflexão metafísica. A insegurança é apanágio do homem, que se encontra sozinho em meio aos seus semelhantes; a palavra é pobre e impossível a comunicação; a cada passo assalta-nos a dúvida, e vida e sonho, realidade e fantasia se confundem na mesma pungência:

> Que mal faz esta cor fingida
> do meu cabelo, e do meu rosto,
> se tudo é tinta: o mundo, a vida,
> o contentamento, o desgosto?[29]

Da expressão dubitativa:

> Talvez em pensar que exista
> vá sendo eu mesma enganada...[30]

à suposição amarga dessa estrofe vai o Poeta por meio de hamletiana monologação. Como as cores do céu e as águas da terra, somos e não somos; o sonho da vida faz-se passar pela própria vida, que é o sonho:

....

29 "Mulher ao espelho" (*Mar absoluto e outros poemas*).
30 "Canção" (*Mar absoluto e outros poemas*).

> Como num sonho,
> aqui me vedes:
> água escorrendo
> por estas redes
> de noite e dia.
> A minha fala
> parece mesmo
> vir do meu lábio
> e anda na sala
> suspensa em asas
> de alegoria.[31]

    A melancolia face à impossibilidade de se reter o fruto dos instantes leva à nostálgica e desalentada interrogação ante o passado, à visão retrospectiva de fatos, coisas, acontecimentos, e à dor de sua ausência: o tema do *ubi sunt*, enfim, que se distingue na poesia de Cecília Meireles por aspecto insólito, qual o da antecipação do passado ou, se quisermos, da projeção do presente no futuro. Exemplifica-se com o poema "Domingo na praça" (*Mar absoluto*), que inicialmente desenvolve o tema à feição tradicional, para em seguida adotar a técnica antecipadora:

> As águas não eram estas,
> há um ano, há um mês, há um dia.
> Nem as crianças, nem as flores,
> nem o rosto dos amores...
>
> Onde estão águas e festas
> anteriores?
>
> E a imagem da praça, agora,
> que será daqui a um ano,
> a um mês, a um dia, a uma hora?...

---

31 "Irrealidade" (*Mar absoluto e outros poemas*).

Oscilando de extremo a extremo, da suprema exaltação das coisas à descrença nelas, teria naturalmente a consciência de pender, cessado o movimento, para um ponto médio, onde o pêndulo encontrasse o seu equilíbrio. Harmonizados a máquina e o tempo, adquire aquela o ritmo normal, e a complicada engrenagem recomeça, fiel e exata, a atividade. Desfere assim o compasso a sua trajetória, gravando a medida meridiana, a clara verticalidade, sob a qual tudo se faz presente e o tempo se unifica, destruindo a barreira dos momentos. Vista do alto, a planura é indivisa e se deixa toda abarcar.

Reconciliam-se desse modo as coisas e a consciência, e se perdura a mágoa da transitoriedade, essa mesma se transmuda em canto. Elevadas ao plano artístico, sofrem as coisas o rigor da reinvenção:

> A vida só é possível
> reinventada,[32]

dirá o Poeta.

Nessa posição final da inteligência frente ao mundo, educa-se o artista na renúncia, no desprendimento e no amor:

> Rama das minhas árvores mais altas,
> deixa ir a flor! que o tempo, ao desprendê-la,
> roda-a no molde de noites e de albas
> onde gira e suspira cada estrela.[33]

A harmonia entre o mundo e o artista, resultante do exercício da solidão e do espírito claustral, proclama-se pelo canto:

....
32 "Reinvenção" (*Vaga música*).
33 "Renúncia" (*Viagem*).

> Eu canto porque o instante existe
> e a minha vida está completa.
> Não sou alegre nem sou triste:
> sou poeta.[34]

Notícia biográfica

Descendente pela linha materna de família açoriana de São Miguel, nasceu Cecília Meireles na cidade do Rio de Janeiro, a 7 de novembro de 1901, e aí morreu, às 15 horas do dia 9 de novembro de 1964.

Foram seus pais o sr. Carlos Alberto Carvalho Meireles, funcionário do Banco do Brasil, falecido aos 26 anos de idade, três meses antes do nascimento da filha, e d. Matilde Benevides, professora municipal, falecida quando Cecília tinha 3 anos de idade.

Os seus avós paternos foram o sr. João Correia Meireles, português, funcionário da Alfândega do Rio de Janeiro, e d. Amélia Meireles.

A avó materna, d. Jacinta Garcia Benevides, de origem açoriana, ficou responsável pela tutela da menina, pois foi a única pessoa sobrevivente da família, depois da morte prematura dos pais.

Terminou o curso primário por volta de 1910, na Escola Estácio de Sá, acabada de construir e muito bem equipada. Olavo Bilac era o Inspetor Escolar do Distrito, e dele recebeu, nessa ocasião, uma medalha de ouro com o seu nome gravado, por ter feito todo o curso primário com "distinção e louvor".

A ausência dos pais repercutiu fundamente no espírito da poeta. Ela refere-se ao fato, mais tarde, em entrevista à *Manchete*:

> Essas e outras mortes ocorridas na família acarretaram muitos contratempos materiais, mas, ao mesmo tempo, me deram, desde pequenina, uma tal intimidade com a

....

34 "Motivo" (*Viagem*).

Morte que docemente aprendi essas relações entre o Efêmero e o Eterno que, para outros, constituem aprendizagem dolorosa e, por vezes, cheia de violência. Em toda a vida, nunca me esforcei por ganhar nem me espantei por perder. A noção ou sentimento da transitoriedade de tudo é o fundamento mesmo da minha personalidade. Creio que isso explica tudo quanto tenho feito, em Literatura, Jornalismo, Educação e mesmo Folclore. Acordar a criatura humana dessa espécie de sonambulismo em que tantos se deixam arrastar. Mostrar-lhes a vida em profundidade. Sem pretensão filosófica ou de salvação — mas por uma contemplação poética afetuosa e participante.

Apesar de tudo, a escritora guardou boa recordação de sua infância:

> Se há uma pessoa que possa, a qualquer momento, arrancar da sua infância uma recordação maravilhosa, essa pessoa sou eu. Já principiei a narrativa dessa infância num pequeno livro de memórias, aparecido numa revista portuguesa, com o título *Olhinhos de gato*. Mas há muito para contar.

E prosseguindo:

> Tudo quanto, naquele tempo, vi, ouvi, toquei, senti, perdura em mim com uma intensidade poética inextinguível. Não saberia dizer quais foram as minhas impressões maiores. Seria a que recebi dos adultos tão variados em suas ocupações e em seus aspectos? Das outras crianças? Dos objetos? Do ambiente? Da natureza?

Continuando, recordava ainda a infância:

> Recordo céus estrelados, tempestades, chuva nas flores, frutas maduras, casas fechadas, estátuas, negros,

aleijados, bichos, suínos, realejos, cores de tapete, bacia de anil, nervuras de tábuas, vidros de remédio, o limo dos tanques, a noite em cima das árvores, o mundo visto através de um prisma de lustre, o encontro com o eco, essa música matinal dos sabiás, lagartixas pelos muros, enterros, borboletas, o carnaval, retratos de álbum, o uivo dos cães, o cheiro do docê de goiaba, todos os tipos populares, a pajem que me contava com a maior convicção histórias do saci e da mula sem cabeça (que ela conhecia pessoalmente); minha avó que me cantava rimances e me ensinava parlendas...

Minha infância de menina sozinha deu-me duas coisas que parecem negativas, e foram sempre positivas para mim: silêncio e solidão. Essa foi sempre a área da minha vida. Área mágica, onde os caleidoscópios inventaram fabulosos mundos geométricos, onde os relógios revelaram o segredo do seu mecanismo, e as bonecas o jogo do seu olhar.

E acrescentava:

Mais tarde, foi nessa área que os livros se abriram, e deixaram sair suas realidades e seus sonhos, em combinação tão harmoniosa que até hoje não compreendo como se possa estabelecer uma separação entre esses dois tempos de vida, unidos como os fios de um pano. Foi ainda nessa área que apareceram um dia os meus próprios livros, que não são mais do que o desenrolar natural de uma vida encantada com todas as coisas, e mergulhada em solidão e silêncio tanto quanto possível.

Sobre as suas primícias na leitura e no amor dos livros, despontadas muito cedo, depôs a escritora:

Muita gente hoje me pergunta quais foram as minhas primeiras leituras. Na verdade, desde que aprendi a ler —

e nisso fui um pouco precoce — li tudo que estava ao alcance da minha mão. Lembro-me que os livros ilustrados me interessavam muito. Além da leitura, os livros também já me interessavam como "objetos", pelo seu aspecto gráfico, sua encadernação, beiras douradas etc. Gostava muito desse papel que se chamava "marmoreado" e que servia para forrar as encadernações por dentro e também por fora.

Sempre gostei muito de livros e, além dos livros escolares, li os de histórias infantis, e os de adultos: mas estes não me pareciam tão interessantes, a não ser, talvez, *Os três mosqueteiros*, numa edição monumental, muito ilustrada, que fora de meu avô. Aquilo era uma história que não acabava nunca; e acho que esse era o seu principal encanto para mim. Descobri o dicionário, uma das invenções mais simples e mais formidáveis, e também achei que era um livro maravilhoso, por muitas razões.

Mas, se antes de saber ler já gostava de brincar com livros, antes de brincar com livros gostava de ouvir histórias. Minha pajem, uma escura e obscura Pedrina, que sobrevivera (embora não por muitos anos) à onda de sucessivas mortes que arrebatou toda a minha família, foi a companheira mágica da minha infância. Ela sabia muito do folclore do Brasil, e não só contava histórias, mas dramatizava-as, cantava, dançava, e sabia adivinhações, cantigas, fábulas etc.

Por outro lado, minha avó, com quem fiquei, depois de perder minha mãe, sabia muitas coisas do folclore açoriano, e era muito mística, como todos os de São Miguel.

O meu interesse pelos livros transformou-se numa vocação de magistério. Minha mãe tinha sido professora primária, e eu gostava de estudar em seus livros. Desses velhos livros de família, as gramáticas, sobretudo a latina e a italiana, me seduziam muito. Assim também as partituras e livros de música.

A vocação para o magistério levou-a a fazer o curso da Escola Normal (Instituto de Educação), diplomando-se como professora em 1917. Paralelamente, estudava línguas, ingressando depois no Conservatório de Música, porque um dos seus sonhos era escrever uma ópera sobre São Paulo, o Apóstolo. Sobrevieram outros interesses — canto, violino — e, com o gosto da literatura, as primeiras tentativas literárias, que exigiram a concentração num só caminho, pela convicção de não poder fazer simultaneamente muitas coisas bem-feitas.

Não foi capaz de fixar quando teria surgido nela o impulso pela criação literária. Falava não num interesse pela literatura, mas em

> uma visão da vida mais especificamente através da palavra — e isso, desde o princípio, desde as primeiras histórias ouvidas, das primeiras cantigas, dos primeiros brinquedos. Quando eu ainda não sabia ler, brincava com livros, e imaginava-os cheios de vozes, contando o mundo. Sempre me foi muito fácil compor cantigas para os brinquedos; e, desde a escola primária, fazia *versos* — o que não quer dizer que escrevesse *poesia*.

A adolescência deu-lhe também a paixão do Oriente — não do Oriente turístico — mas dos estudos orientais, história, línguas, filosofia, e esses estudos continuaram sempre.

Formada, entregou-se à faina educacional, e seguiu toda a carreira de professora primária; mas, paralelamente, desenvolveu intensa atividade literária e jornalística, escrevendo nos principais jornais da imprensa carioca.

Em 1919, deu a lume o primeiro livro de versos, *Espectros*, que mereceu elogiosas referências dos críticos, entre os quais o grande João Ribeiro, que assim se pronunciou:

> Com o talento e as qualidades poéticas, aqui reveladas, Cecília Meireles em breve, e sem grande esforço, poderá lograr a reputação de poetisa que de justiça lhe cabe.

Educadora, sempre preocupada com os problemas da infância, desde que se diplomou exerceu o magistério. Em 1930, houve no Brasil um grande surto de esperança em torno da educação, o que a levou a empenhar-se ativamente nesse movimento de renovação, participando das reformas e dirigindo, no *Diário de Notícias*, de 1930 a 1934, uma página diária dedicada aos assuntos de ensino.

Em 1934, o seu entusiasmo pela educação e amor pelos livros levaram-na ao sonho de criar uma biblioteca infantil especializada, que foi instalada no antigo Pavilhão Mourisco, em Botafogo. A primeira no gênero, durou quatro anos, com grandes realizações e proveito, tendo sido o germe das inúmeras bibliotecas desse tipo hoje espalhadas pelos bairros cariocas e por todo o Brasil.

Ainda em 1934, a convite do Secretariado de Propaganda, de Portugal, visitou esse país, onde fez conferências nas universidades de Lisboa e Coimbra, difundindo aspectos da literatura brasileira.

Em 1935, fundada a Universidade do Distrito Federal, foi nomeada para lecionar Literatura Luso-Brasileira e, depois, Técnica e Crítica Literária, e exerceu a função de 1936 a 1938. Professou vários cursos livres sobre Literatura Comparada e Literatura Oriental. E, em 1957, um de Literatura Oriental, especialmente dramática, na Fundação Dulcina.

Em 1938, o seu livro de poemas *Viagem* conquistou o prêmio de poesia da Academia Brasileira de Letras, e, em 1939, foi editado em Lisboa.

Em 1940, esteve nos Estados Unidos, lecionando Literatura e Cultura Brasileira, na Universidade do Texas. Depois viajou pelo México, ainda em viagem de intercâmbio cultural, fazendo conferências sobre literatura, folclore e educação; visitou o Uruguai e a Argentina (1944), Europa e Açores (1954), Índia, Goa e Europa (1953), Porto Rico (1957) e Israel (1958).

Como jornalista, colaborou em quase todos os jornais e revistas do Rio de Janeiro, especialmente o *Diário de Notícias*, em épocas diferentes, e *A Manhã*, no qual publicou, de 1942 a 1944, importantes estudos sobre folclore infantil.

Autoridade em assunto de folclore, desde a instalação da Comissão Nacional de Folclore, em 1948, com ela colaborou, tendo sido secretária do Primeiro Congresso Nacional de Folclore, em 1951.

Foi sócia honorária do Gabinete Português de Leitura, do Rio de Janeiro, do Instituto Vasco da Gama, de Goa, doutora *honoris causa* da Universidade de Délhi, da Índia, Grau de Oficial da Ordem do Mérito, do Chile, em 1952, e sócia do Instituto Histórico de Minas Gerais.

A Academia Brasileira de Letras concedeu em 1965 a Cecília Meireles, *post mortem*, o Prêmio Machado de Assis, pelo conjunto de sua obra.

A despeito de sua dedicação às letras, e de ensinar literatura, não participou da vida literária.

> Também não me preocupam as escolas literárias senão de um ponto de vista *histórico*. Não sei se me faço entender. Acho que todos aprendemos com todos. Mas eu não gostaria de fazer discípulos, de ser chefe... etc. Não creio tanto em mim.

Contra os que se queixavam de sua solidão, dizia ela que sentia não poder desfrutar da companhia de muitas pessoas, realmente preciosas.

> Mas a minha solidão não é uma *disponibilidade*. É uma consequência natural do meu trabalho, e o seu clima indispensável.

Cecília casou-se em 1922 com o pintor Fernando Correia Dias, com quem teve três filhas: Maria Elvira, Maria Matilde e Maria Fernanda. Viúva, casou-se em 1940 com o professor Heitor Grillo. Deixou cinco netos: Ricardo, Alexandre, Fernanda Maria, Maria de Fátima e Luiz Heitor Fernando.

Para completar esse retrato sumário da poeta, transcrevemos a seguir o *flash* de João Condé, publicado nos "Arquivos implacáveis", *O Cruzeiro*, Rio de Janeiro, 31 de dezembro de 1955:

Nome: Cecília Meireles. — Nasceu no Distrito Federal. — Casada, tem três filhas e dois netos. — Altura, 1,64. — Pesa 59 quilos e calça sapatos número 37. — É quase vegetariana. — Não fuma, não bebe, não joga. — Não pratica nenhum esporte, mas gosta muito de caminhar e acha que seria capaz de dar volta ao mundo a pé. — Não gosta de futebol e raramente vai ao cinema. — Gosta de bom teatro. — Responde pontualmente todas as cartas que recebe, mas atrasa-se, às vezes, em agradecer livros, porque só agradece depois de os ler. — Adora música, especialmente canções medievais, espanholas e orientais. — Poetas preferidos: todos os bons poetas. — Prefere os pintores flamengos. — Dorme e acorda cedo. — Leu Eça de Queirós antes dos 13 anos. — Escreveu o seu primeiro verso aos 9 anos. — Estudou canto, violão, violino e, às vezes, desenha. — Se pudesse recomeçar a vida, gostaria de ser a mesma coisa, porém melhor. — Seu primeiro livro publicado foi *Espectros*, tinha 16 anos. — Seu principal defeito: uma certa ausência do mundo. — Seu tormento: desejar fazer o bem às pessoas que precisam de auxílio e não o aceitam. — Nunca viu assombração, mas gostaria de ver. — Não tem medo de viajar de avião em viagens longas. — Gostaria de tornar a visitar o Oriente e chegar até a China. — Pensa que poderia, pelo menos, ficar muito tempo no Mediterrâneo. — Coleciona objetos de arte popular. — Já colecionou xícaras e colheres de café. — Agora acha o café tão ruim que não vale a pena colecionar os acessórios. — Teve grande emoção quando chegou aos Açores, terra de seus antepassados. — Outra emoção grande: quando viu a sua "Elegia a Gandhi" traduzida em idiomas da Índia. — É o poeta brasileiro mais conhecido em Portugal. — Até agora não conseguiu gostar de Paris, embora admire a França. — Admira profundamente São

Francisco de Assis, Gandhi e Vinoba Bhave. — Coisas que a horrorizam: tocar em papel-carbono, ver comer ostras, aspirar fumaça de ônibus. — Coisas que ama: crianças, objetos antigos, flores, música de cravo, praia deserta, livros, livros, livros, noite com estrelas e nuvens ao mesmo tempo. — Acha que não tem medo da morte. — Gostaria de morrer em paz.

Como elementos para a compreensão de sua obra, será interessante agora transcrever algumas opiniões literárias da poeta, expendidas em entrevista que concedeu ao jornalista Haroldo Maranhão, da *Folha do Norte*, de Belém, Pará, em 10 abril 1949.

— *Quais as raízes espirituais da sua poesia?*

— Os autores nunca sabem dizer bem essas coisas, porque, na verdade, a poesia, praticada de um modo "vital", está isenta das claridades da lógica. O poeta dificilmente pode "raciocinar" sobre a sua própria poesia. Essa é a função do crítico, intermediário na mensagem artística. Em todo caso, se for possível considerar "raízes espirituais" aquilo de que mais gosto, ou que mais repercute em mim, lembrarei o Oriente clássico e os gregos; toda a Idade Média; os clássicos de todas as línguas; os românticos ingleses; os simbolistas franceses e alemães. E principalmente a literatura popular do mundo inteiro, e os livros sagrados.

— *Qual a sua opinião sobre o binômio matéria poética-forma: se há, na poesia de agora, uma acentuada tendência para o culto da forma ou se, pelo menos, para uma redução poética à expressão?*

— Suponho que a pergunta se refere à poesia brasileira. Nesse caso, é evidente que, desde 1920, com o chamado Modernismo, o interesse voltou-se para a expressão, livre da forma. O movimento dessa alternativa é conhecido: o excesso de interesse pela forma pode chegar a inutilizar a expressão e vice-versa. Todos sabem que um poema perfeito é o que apresenta forma e expressão, num ajustamento exato. Não sei se as condições atuais do mundo permitem esse equilíbrio, porque serão raros os poetas tão em estado de vivência puramente poética, livres do atordoamento do tempo, que consigam fazer do grito, música — isto é, que criem poesia como se formam os cristais. Mas creio que todos padecem, se são poetas. Porque, afinal, se sente que o grito é o grito; e a poesia já é o grito (com toda a sua força), mas transfigurado. Isto, porém, é uma opinião pessoal.

— *Encontra, através de toda a nossa evolução poética, do passado aos dias atuais, uma linha evolutiva harmoniosa, tendências permanentes, características que se vêm reproduzindo ininterruptamente?*

— Creio que sim. Afinal não somos um monstro de artifício. Tivemos um pequeno Classicismo que era natural, como herança portuguesa; fomos uns românticos muito aceitáveis, embora com algum atraso; não nos livramos das várias escolas que se sucederam na literatura universal, e parece que já estão nascendo cardumes de existencialistas. É uma linha evolutiva. Há umas tendências de cor e de paisagem que vêm desde Gregório de Matos. E há, sobretudo, uma preocupação carnal que atravessa todas as escolas, e surpreende até nos poemas quase abstratos. Não estou dizendo preocupação amorosa nem sentimental. É mesmo carnal. Enfim, o Brasil é um país muito jovem. Deve ser fenômeno de adolescência.

Viagem
(1939)

A meus amigos portugueses.

Motivo

Eu canto porque o instante existe
e a minha vida está completa.
Não sou alegre nem sou triste:
sou poeta.

Irmão das coisas fugidias,
não sinto gozo nem tormento.
Atravesso noites e dias
no vento.

Se desmorono ou se edifico,
se permaneço ou me desfaço,
— não sei, não sei. Não sei se fico
ou passo.

Sei que canto. E a canção é tudo.
Tem sangue eterno a asa ritmada.
E um dia sei que estarei mudo:
— mais nada.

Retrato

Eu não tinha este rosto de hoje,
assim calmo, assim triste, assim magro,
nem estes olhos tão vazios,
nem o lábio amargo.

Eu não tinha estas mãos sem força,
tão paradas e frias e mortas;
eu não tinha este coração
que nem se mostra.

Eu não dei por esta mudança,
tão simples, tão certa, tão fácil:
— Em que espelho ficou perdida
a minha face?

Canção

Nunca eu tivera querido
dizer palavra tão louca:
bateu-me o vento na boca,
e depois no teu ouvido.

Levou somente a palavra,
deixou ficar o sentido.

O sentido está guardado
no rosto com que te miro,
neste perdido suspiro
que te segue alucinado,
no meu sorriso suspenso
como um beijo malogrado.

Nunca ninguém viu ninguém
que o amor pusesse tão triste.
Essa tristeza não viste,
e eu sei que ela se vê bem...
Só se aquele mesmo vento
fechou teus olhos, também...

Terra

Deusa dos olhos volúveis
pousada na mão das ondas:
em teu colo de penumbras,
abri meus olhos atônitos.
Surgi do meio dos túmulos,
para aprender o meu nome.

Mamei teus peitos de pedra
constelados de prenúncios.
Enredei-me por florestas,
entre cânticos e musgos.
Soltei meus olhos no elétrico
mar azul, cheio de músicas.

Desci na sombra das ruas,
como pelas tuas veias:
meu passo — a noite nos muros —
casas fechadas — palmeiras —
cheiro de chácaras úmidas —
sono da existência efêmera.

O vento das praias largas
mergulhou no teu perfume
a cinza das minhas mágoas.
E tudo caiu de súbito,
junto com o corpo dos náufragos,
para os invisíveis mundos.

Vi tantos rostos ocultos
de tantas figuras pálidas!
Por longas noites inúmeras,
em minha assombrada cara
houve grandes rios mudos
como os desenhos dos mapas.

Tinhas os pés sobre flores,
e as mãos presas, de tão puras.
Em vão, suspiros e fomes
cruzavam teus olhos múltiplos,
despedaçando-se anônimos,
diante da tua altitude.

Fui mudando minha angústia
numa força heroica de asa.
Para construir cada músculo,
houve universos de lágrimas.
Devo-te o modelo justo:
sonho, dor, vitória e graça.

No rio dos teus encantos,
banhei minhas amarguras.
Purifiquei meus enganos,
minhas paixões, minhas dúvidas.
Despi-me do meu desânimo —
fui como ninguém foi nunca.

Deusa dos olhos volúveis,
rosto de espelho tão frágil,
coração de tempo fundo,
— por dentro das tuas máscaras,
meus olhos, sérios e lúcidos,
viram a beleza amarga.

E esse foi o meu estudo
para o ofício de ter alma;
para entender os soluços,
depois que a vida se cala.
— Quando o que era muito é único
e, por ser único, é tácito.

Pausa

Agora é como depois de um enterro.
Deixa-me neste leito, do tamanho do meu corpo,
junto à parede lisa, de onde brota um sono vazio.

A noite desmancha o pobre jogo das variedades.
Pousa a linha do horizonte entre as minhas pestanas,
e mergulha silêncio na última veia da esperança.

Deixa tocar esse grilo invisível
— mercúrio tremendo na palma da sombra —
deixa-o tocar a sua música, suficiente
para cortar todo arabesco da memória...

Epigrama nº 7

A tua raça de aventura
quis ter a terra, o céu, o mar.

Na minha, há uma delícia obscura
em não querer, em não ganhar...

A tua raça quer partir,
guerrear, sofrer, vencer, voltar.

A minha, não quer ir nem vir.
A minha raça quer *passar*.

Ressurreição

Não cantes, não cantes, porque vêm de longe os náufragos
vêm os presos, os tortos, os monges, os oradores, os suicidas.
Vêm as portas, de novo, e o frio das pedras, das escadas,
e, numa roupa preta, aquelas duas mãos antigas.

E uma vela de móvel chama fumosa. E os livros. E os escritos.
Não cantes. A praça cheia torna-se escura e subterrânea.
E meu nome se escuta a si mesmo, triste e falso.

Não cantes, não. Porque era a música da tua
voz que se ouvia. Sou morta recente, ainda com lágrimas.

Alguém cuspiu por distração sobre as minhas pestanas.
Por isso vi que era tão tarde.

E deixei nos meus pés ficar o sol e andarem moscas.
E dos meus dentes escorrer uma lenta saliva.
Não cantes, pois trancei o meu cabelo, agora,
e estou diante do espelho, e sei melhor que ando fugida.

Epigrama nº 9

O vento voa,
a noite toda se atordoa,
a folha cai.

Haverá mesmo algum pensamento
sobre essa noite? sobre esse vento?
sobre essa folha que se vai?

Província

Cidadezinha perdida
no inverno denso de bruma,
que é dos teus morros de sombra,
do teu mar de branda espuma,

das tuas árvores frias
subindo das ruas mortas?
Que é das palmas que bateram
na noite das tuas portas?

Pela janela baixinha,
viam-se os círios acesos,
e as flores se desfolhavam
perto dos soluços presos.

Pela curva dos caminhos,
cheirava a capim e a orvalho
e muito longe as harmônicas
riam, depois do trabalho.

Que é feito da tua praça,
onde a morena sorria
com tanta noite nos olhos
e, na boca, tanto dia?

Que é feito daquelas caras
escondendo o seu segredo?
Dos corredores escuros
com paredes só de medo?

Que é feito da minha vida
abandonada na tua,
do instante de pensamento
deixado nalguma rua?

Do perfume que me deste,
que nutriu minha existência,
e hoje é um tempo de saudade,
sobre a minha própria ausência?

Destino

Pastora de nuvens, fui posta a serviço
por uma campina tão desamparada
que não principia nem também termina,
e onde nunca é noite e nunca madrugada.

(Pastores da terra, vós tendes sossego,
que olhais para o sol e encontrais direção.
Sabeis quando é tarde, sabeis quando é cedo.
Eu, não.)

Pastora de nuvens, por muito que espere,
não há quem me explique meu vário rebanho.
Perdida atrás dele na planície aérea,
não sei se o conduzo, não sei se o acompanho.

(Pastores da terra, que saltais abismos,
nunca entendereis a minha condição.
Pensais que há firmezas, pensais que há limites.
Eu, não.)

Pastora de nuvens, cada luz colore
meu canto e meu gado de tintas diversas.
Por todos os lados o vento revolve
os velos instáveis das reses dispersas.

(Pastores da terra, de certeiros olhos,
como é tão serena a vossa ocupação!
Tendes sempre o indício da sombra que foge...
Eu, não.)

Pastora de nuvens, não paro nem durmo
neste móvel prado, sem noite e sem dia.
Estrelas e luas que jorram, deslumbram
o gado inconstante que se me extravia.

(Pastores da terra, debaixo das folhas
que entornam frescura num plácido chão,
sabeis onde pousam ternuras e sonos.
Eu, não.)

Pastora de nuvens, esqueceu-me o rosto
do dono das reses, do dono do prado.
E às vezes parece que dizem meu nome,
que me andam seguindo, não sei por que lado.

(Pastores da terra, que vedes pessoas
sem serem apenas de imaginação,
podeis encontrar-vos, falar tanta coisa!
Eu, não.)

Pastora de nuvens, com a face deserta,
sigo atrás de formas com feitios falsos,
queimando vigílias na planície eterna
que gira debaixo dos meus pés descalços.

(Pastores da terra, tereis um salário,
e andará por bailes vosso coração.
Dormireis um dia como pedras suaves.
Eu, não.)

Marcha

As ordens da madrugada
romperam por sobre os montes:
nosso caminho se alarga
sem campos verdes nem fontes.
Apenas o sol redondo
e alguma esmola de vento
quebram as formas do sono
com a ideia do movimento.

Vamos a passo e de longe;
entre nós dois anda o mundo,
com alguns vivos pela tona,
com alguns mortos pelo fundo.
As aves trazem mentiras
de países sem sofrimento.
Por mais que alargue as pupilas,
mais minha dúvida aumento.

Também não pretendo nada
senão ir andando à toa,
como um número que se arma
e em seguida se esboroa,
— e cair no mesmo poço
de inércia e de esquecimento,
onde o fim do tempo soma
pedras, águas, pensamento.

Gosto da minha palavra
pelo sabor que lhe deste:
mesmo quando é linda, amarga
como qualquer fruto agreste.
Mesmo assim amarga, é tudo
que tenho, entre o sol e o vento:

meu vestido, minha música,
meu sonho e meu alimento.

Quando penso no teu rosto,
fecho os olhos de saudade;
tenho visto muita coisa,
menos a felicidade.
Soltam-se os meus dedos tristes,
dos sonhos claros que invento.
Nem aquilo que imagino
já me dá contentamento.

Como tudo sempre acaba,
oxalá seja bem cedo!
A esperança que falava
tem lábios brancos de medo.
O horizonte corta a vida
isento de tudo, isento...
Não há lágrima nem grito:
apenas consentimento.

Estirpe

Os mendigos maiores não dizem mais, nem fazem nada.
Sabem que é inútil e exaustivo. Deixam-se estar. Deixam-se estar.
Deixam-se estar ao sol e à chuva, com o mesmo ar de completa
                                                             [coragem,
longe do corpo que fica em qualquer lugar.

Entretêm-se a estender a vida pelo pensamento.
Se alguém falar, sua voz foge como um pássaro que cai.
E é de tal modo imprevista, desnecessária e surpreendente
que, para a ouvirem bem, talvez gemessem algum ai.

Oh! não gemiam, não... Os mendigos maiores são todos estoicos.
Puseram sua miséria junto aos jardins do mundo feliz,
mas não querem que, do outro lado, tenham notícia da estranha
[sorte
que anda por eles como um rio num país.

Os mendigos maiores vivem fora da vida: fizeram-se excluídos.
Abriram sonos e silêncios e espaços nus, em redor de si.
Têm seu reino vazio, de altas estrelas que não cobiçam.
Seu olhar não olha mais, e sua boca não chama nem ri.

E seu corpo não sofre nem goza. E sua mão não toma nem pede.
E seu coração é uma coisa que, se existiu, já esqueceu.
Ah! os mendigos maiores são um povo que se vai convertendo
[em pedra.
Esse povo é que é o meu.

Cantiga

Bem-te-vi que estás cantando
nos ramos da madrugada,
por muito que tenhas visto,
juro que não viste nada.

Não viste as ondas que vinham
tão desmanchadas na areia,
quase vida, quase morte,
quase corpo de sereia...

E as nuvens que vão andando
com marcha e atitude de homem,
com a mesma atitude e marcha
tanto chegam como somem.

Não viste as letras, que apostam
formar ideias com o vento...
E as mãos da noite quebrando
os talos do pensamento.

Passarinho tolo, tolo,
de olhinhos arregalados...
Bem-te-vi, que nunca viste
como os meus olhos fechados...

Timidez

Basta-me um pequeno gesto,
feito de longe e de leve,
para que venhas comigo
e eu para sempre te leve...

— mas só esse eu não farei.

Uma palavra caída
das montanhas dos instantes
desmancha todos os mares
e une as terras mais distantes...

— palavra que não direi.

Para que tu me adivinhes,
entre os ventos taciturnos,
apago meus pensamentos,
ponho vestidos noturnos,

— que amargamente inventei.

E, enquanto não me descobres,
os mundos vão navegando
nos ares certos do tempo,
até não se sabe quando...

— e um dia me acabarei.

Taverna

Bem sei que, olhando pra minha cara,
pra minha boca, triste e incoerente,
pros gestos vagos de sombra incerta
que hoje sou eu,
minha loucura se faz tão clara,
minha desgraça tão evidente,
minha alma toda tão descoberta,
que pensam: "Este, não bebeu..."

"Passei a noite, passei o dia
de cotovelos firmes na mesa,
de olhos sobre o vinho perdidos,
a testa pulsando na mão:
e muros de melancolia
subiam pela sala acesa,
inutilizando os gemidos,
mas quebrando-me o coração.

"Deixei o copo no mesmo nível:
bebida imóvel, espelho atento,
onde – só eu – vi desabrochares,
rosto amargo de amor!
Vim da taverna ébrio de impossível,

pisando sonhos, beijando o vento,
falando às pedras, agarrando os ares...
— Oh! deixem-me ir para onde eu for!..."

Pergunta

Estes meus tristes pensamentos
vieram de estrelas desfolhadas
pela boca brusca dos ventos?

Nasceram das encruzilhadas,
onde os espíritos defuntos
põem no presente horas passadas?

Originaram-se de assuntos
pelo raciocínio dispersos,
e depois na saudade juntos?

Subiram de mundos submersos
em mares, túmulos ou almas,
em música, em mármore, em versos?

Cairiam das noites calmas,
dos caminhos dos luares lisos,
em que o sono abre mansas palmas?

Provêm de fatos indecisos,
acontecidos entre brumas,
na era de extintos paraísos?

Ou de algum cenário de espumas,
onde as almas deslizam frias,
sem aspirações mais nenhumas?

Ou de ardentes e inúteis dias,
com figuras alucinadas
por desejos e covardias?...

Foram as estátuas paradas
em roda da água do jardim...?
Foram as luzes apagadas?

Ou serão feitos só de mim,
estes meus tristes pensamentos
que boiam como peixes lentos

num rio de tédio sem fim?

Vaga música
(1942)

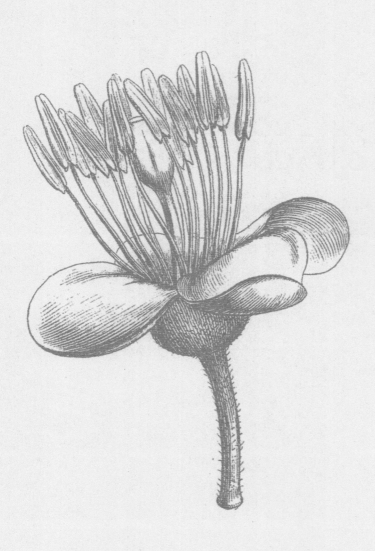

Epitáfio da navegadora

A Gastón Figueira

Se te perguntarem quem era
essa que às areias e gelos
quis ensinar a primavera;

e que perdeu seus olhos pelos
mares sem deuses desta vida,
sabendo que, de assim perdê-los,

ficaria também perdida;
e que em algas e espumas presa
deixou sua alma agradecida;

essa que sofreu de beleza
e nunca desejou mais nada;
que nunca teve uma surpresa

em sua face iluminada,
dize: "Eu não pude conhecê-la,
sua história está mal contada,

mas seu nome, de barca e estrela,
foi: SERENA DESESPERADA".

O Rei do Mar

Muitas velas. Muitos remos.
Âncora é outro falar...
Tempo que navegaremos
não se pode calcular.

Vimos as Plêiades. Vemos
agora a Estrela Polar.
Muitas velas. Muitos remos.
Curta vida. Longo mar.

Por água brava ou serena
deixamos nosso cantar,
vendo a voz como é pequena
sobre o comprimento do ar.
Se alguém ouvir, temos pena:
só cantamos para o mar...

Nem tormenta nem tormento
nos poderia parar.
(Muitas velas. Muitos remos.
Âncora é outro falar...)
Andamos entre água e vento
procurando o Rei do Mar.

Canção excêntrica

Ando à procura de espaço
para o desenho da vida.
Em números me embaraço
e perco sempre a medida.
Se penso encontrar saída,
em vez de abrir um compasso,
projeto-me num abraço
e gero uma despedida.

Se volto sobre o meu passo,
é já distância perdida.

Meu coração, coisa de aço,
começa a achar um cansaço
esta procura de espaço
para o desenho da vida.
Já por exausta e descrida
não me animo a um breve traço:
— saudosa do que não faço,
— do que faço, arrependida.

Canção quase inquieta

De um lado, a eterna estrela,
e do outro a vaga incerta,

meu pé dançando pela
extremidade da espuma,
e meu cabelo por uma
planície de luz deserta.

Sempre assim:
de um lado, estandartes do vento...
— do outro, sepulcros fechados.
E eu me partindo, dentro de mim,
para estar no mesmo momento
de ambos os lados.

Se existe a tua Figura,
se és o Sentido do Mundo,
deixo-me, fujo por ti,
nunca mais quero ser minha!

(Mas, neste espelho, no fundo
desta fria luz marinha,

como dois baços peixes,
nadam meus olhos à minha procura...
Ando contigo — e sozinha.
Vivo longe — e acham-me aqui...)

Fazedor da minha vida,
não me deixes!
Entende a minha canção!
Tem pena do meu murmúrio,
reúne-me em tua mão!

Que eu sou gota de mercúrio,
dividida,
desmanchada pelo chão...

Vigília do Senhor Morto

Teu rosto passava, teu nome corria
por esses lugares do sol e da lua.
Como se contava a tua biografia!

E eu, pela esperança de poder ser tua,
como vim de longe, teimando com a terra,
deixando suspiros para cada rua!

Guerreiro cortado de injúrias de guerra
não trouxe consigo nenhuma ferida
como esta que tenho e que já se não cerra.

Por tanta subida, por tanta descida,
aqui dou contigo, no teu morto leito,
eu, que vim por ti salvando a minha vida!

Fria sombra, apenas, teu rosto perfeito.
Covas de cegueira, teus olhos, apenas.
Muro de silêncio teu tombado peito.

Sangue que tiveste, por perdidas cenas
derramou-se, longe, e é pó do pó sem glória,
preso no destino das coisas terrenas.

Por que serei triste com a minha memória,
diante do teu corpo sem auréolas? Triste
pela minha viagem? pela tua história?

Este é o Senhor Morto — e este, somente, existe.

Noite de vigília, sem mais esperança,
alguma coisa em mim o assiste
que não se vai, que não se cansa.

Epigrama do espelho infiel

A João de Castro Osório

Entre o desenho do meu rosto
e o seu reflexo,
meu sonho agoniza, perplexo.

Ah! pobres linhas do meu rosto,
desmanchadas do lado oposto,
e sem nexo!

E a lágrima do seu desgosto
sumida no espelho convexo!

Canção do caminho

Por aqui vou sem programa,
sem rumo,
sem nenhum itinerário.
O destino de quem ama
é vário,
como o trajeto do fumo.

Minha canção vai comigo.
Vai doce.
Tão sereno é seu compasso
que penso em ti, meu amigo.
— Se fosse,
em vez da canção, teu braço!

Ah! mas logo ali adiante
— tão perto! —
acaba-se a terra bela.
Para este pequeno instante,
decerto,
é melhor ir só com ela.

(Isto são coisas que digo,
que invento,
para achar a vida boa...
A canção que vai comigo
é a forma de esquecimento
do sonho sonhado à toa...)

A doce canção

A Christina Christie

Pus-me a cantar minha pena
com uma palavra tão doce,
de maneira tão serena,
que até Deus pensou que fosse
felicidade — e não pena.

Anjos de lira dourada
debruçaram-se da altura.
Não houve, no chão, criatura
de que eu não fosse invejada,
pela minha voz tão pura.

Acordei a quem dormia,
fiz suspirarem defuntos.
Um arco-íris de alegria
da minha boca se erguia
pondo o sonho e a vida juntos.

O mistério do meu canto,
Deus não soube, tu não viste.
Prodígio imenso do pranto:
— todos perdidos de encanto,
só eu morrendo de triste!

Por assim tão docemente
meu mal transformar em verso,
oxalá Deus não o aumente,
para trazer o Universo
de polo a polo contente!

Lembrança rural

Chão verde e mole. Cheiros de selva. Babas de lodo.
A encosta barrenta aceita o frio, toda nua.
Carros de bois, falas ao vento, braços, foices.
Os passarinhos bebem do céu pingos de chuva.

Casebres caindo, na erma tarde. Nem existem
na história do mundo. Sentam-se à porta as mães descalças.
É tão profundo, o campo, que ninguém chega a ver que é triste.
A roupa da noite esconde tudo, quando passa...

Flores molhadas. Última abelha. Nuvens gordas.
Vestidos vermelhos, muito longe, dançam nas cercas.
Cigarra escondida, ensaiando na sombra rumores de bronze.
Debaixo da ponte, a água suspira, presa...

Vontade de ficar neste sossego toda a vida:
bom para ver de frente os olhos turvos das palavras,
para andar à toa, falando sozinha,
enquanto as formigas caminham nas árvores...

Descrição

Amanheceu pela terra
um vento de estranha sombra,
que a tudo declarou guerra.

Paredes ficaram tortas,
animais enlouqueceram
e as plantas caíram mortas.

O pálido mar tão branco
levantava e desfazia
um verde-lívido flanco.

E pelo céu, tresmalhadas,
iam nuvens sem destino,
em fantásticas brigadas.

Dos linhos claros da areia
fez o vento retorcidas,
rotas, miseráveis teias.

Que sopro de ondas estranhas!
Que sopro nos cemitérios!
Pelos campos e montanhas!

Que sopro forte e profundo!
Que sopro de acabamento!
Que sopro de fim de mundo!

Da varanda do colégio,
do pátio do sanatório,
miravam tal sortilégio

olhos quietos de meninos,
com esperanças humanas
e com terrores divinos.

A tardinha serenada
foi dormindo, foi dormindo,
despedaçada e calada.

Só numa ruiva amendoeira
uma cigarra de bronze,
por brio de cantadeira,

girava em esquecimento
à sanha enorme do vento,
forjando o seu movimento
num grave cântico lento...

Velho estilo

Coisa que passas, como é teu nome?
De que inconstâncias foste gerada?
Abri meus braços para alcançar-te:
fechei meus braços, — não tinha nada!

De ti só resta o que se consome.
Vais para a morte? Vais para a vida?
Tua presença nalguma parte
é já sinal da tua partida.

E eu disse a todos desse teu fado,
para esquecerem teu chamamento,
saberem que eras constituída
da errante essência da água e do vento.

Todos quiseram ter-te, malgrado
prenúncios tantos, tantas ameaças.
Grande, adorada desconhecida,
como é teu nome, coisa que passas?

Pisando terras e firmamento,
com um ar de exausta gente dormida,
abandonaram termos tranquilos,
portas abertas, áreas de vida.

E eu, que anunciei o acontecimento,
fui atrás deles, com insegurança,
dizendo que ia por dissuadi-los,
mas tendo a sua mesma esperança.

No ardente nível desta experiência,
sem rogo, lágrima nem protesto,
tudo se apaga, preso em sigilos:
mas no desenho do último gesto,

há mãos de amor para a tua ausência.
E esse é o vestígio que não se some:
resto de todos, teu próprio resto.
— Coisa que passas, como é teu nome?

Aluna

Conservo-te o meu sorriso
para, quando me encontrares,
veres que ainda tenho uns ares
de aluna do paraíso...

Leva sempre a minha imagem
a submissa rebeldia
dos que estudam todo o dia
sem chegar à aprendizagem...

— e, de salas interiores,
por altíssimas janelas,
descobrem coisas mais belas,
rindo-se dos professores...

Gastarei meu tempo inteiro
nessa brincadeira triste;
mas na escola não existe
mais do que pena e tinteiro!

E toda a humana docência
para inventar-me um ofício
ou morre sem exercício
ou se perde na experiência...

Memória

A José Osório

Minha família anda longe,
com trajos de circunstância:
uns converteram-se em flores,
outros em pedra, água, líquen;
alguns, de tanta distância,
nem têm vestígios que indiquem
uma certa orientação.

Minha família anda longe,
— na Terra, na Lua, em Marte —
uns dançando pelos ares,
outros perdidos no chão.

Tão longe, a minha família!
Tão dividida em pedaços!
Um pedaço em cada parte...
Pelas esquinas do tempo,
brincam meus irmãos antigos:
uns anjos, outros palhaços...

Seus vultos de labareda
rompem-se como retratos
feitos em papel de seda.
Vejo lábios, vejo braços,
— por um momento persigo-os;
de repente, os mais exatos
perdem sua exatidão.
Se falo, nada responde.
Depois, tudo vira vento,
e nem o meu pensamento
pode compreender por onde
passaram nem onde estão.

Minha família anda longe.
Mas eu sei reconhecê-la:
um cílio dentro do oceano,
um pulso sobre uma estrela,
uma ruga num caminho
caída como pulseira,
um joelho em cima da espuma,
um movimento sozinho
aparecido na poeira...
Mas tudo vai sem nenhuma
noção de destino humano,
de humana recordação.

Minha família anda longe.
Reflete-se em minha vida,
mas não acontece nada:
por mais que eu esteja lembrada,
ela se faz de esquecida:
não há comunicação!
Uns são nuvem, outros, lesma...
Vejo as asas, sinto os passos
de meus anjos e palhaços,

numa ambígua trajetória
de que sou o espelho e a história.
Murmuro para mim mesma:
"É tudo imaginação!"

Mas sei que tudo é memória...

Retrato falante

Não há quem não se espante, quando
mostro o retrato desta sala,
que o dia inteiro está mirando,
e à meia-noite em ponto fala.

Cada um tem sua raridade:
selo, flor, dente de elefante.
Uns têm até felicidade!
Eu tenho o retrato falante.

Minha vida foi sempre cheia
de visitas inesperadas,
a quem eu me conservo alheia,
mas com as horas desperdiçadas.

Chegam, descrevem aventuras,
sonhos, mágoas, absurdas cenas.
Coisas de hoje, antigas, futuras...
(A maioria mente, apenas.)

E eu, fatigada e distraída,
digo sim, digo não — diversas
respostas de gente perdida
no labirinto das conversas.

Ouço, esqueço, livro-me — trato
de recompor o meu deserto.
Mas, à meia-noite, o retrato
tem um discurso pronto e certo.

Vejo então por que estranho mundo
andei, ferida e indiferente,
pois tudo fica no sem-fundo
dos seus olhos de eternamente.

Repete palavras esquivas,
sublinha, pergunta, responde,
e apresenta, claras e vivas,
as intenções que o mundo esconde.

Na outra noite me disse: "A morte
leva a gente. Mas os retratos
são de natureza mais forte,
além de serem mais exatos.

Quem tiver tentado destruí-los,
por mais que os reduza a pedaços,
encontra os seus olhos tranquilos
mesmo rotos, sobre os seus passos.

Depois que estejas morta, um dia,
tu, que és só desprezo e ternura,
saberás que ainda te vigia
meu olhar, nesta sala escura.

Em cada meia-noite em ponto,
direi o que viste e o que ouviste.
Que eu — mais que tu — conheço e aponto
quem e o que te deixou tão triste".

Ida e volta em Portugal

Olival de prata,
veludosos pinhos,
clara madrugada,
dourados caminhos,
lembrai-vos da graça
com que os meus vizinhos,
numa cavalgada,
com frutas e vinhos,
lenços de escarlata,
cestas e burrinhos,
foram pela estrada,
assustando os moinhos
com suas risadas,
pondo em fuga cabras,
ventos, passarinhos...

Ai, como cantavam!
Ai, como se riam!

      Seus corpos — roseiras.
      Seus olhos — diamantes.

      Ora vamos ao campo colher amoras
      e amores!
      A amar, amadores amantes!

Olival de prata,
veludosos pinhos,
pura Vésper clara,
silentes caminhos,
lembrai-vos da pausa
com que os meus vizinhos
vieram pela estrada.

Morria nos moinhos
o giro das asas.
Ventos, passarinhos,
árvores e cabras,
tudo estacionava.
As flores faltavam.
Sobravam espinhos.

Ai, como choravam!
Ai, como gemiam!

    Seus corpos — granito.
    Seus olhos — cisternas.

    Este é o campo sem fim de onde não retornam
    ternuras!
    Entornai-vos, ondas eternas!

Canção a caminho do céu

Foram montanhas? foram mares?
foram os números...? — não sei.
Por muitas coisas singulares,
não te encontrei.

E te esperava, e te chamava,
e entre os caminhos me perdi.
Foi nuvem negra? maré brava?
E era por ti!

As mãos que trago, as mãos são estas.
Elas sozinhas te dirão
se vem de mortes ou de festas
meu coração.

Tal como sou, não te convido
a ires para onde eu for.

Tudo que tenho é haver sofrido
pelo meu sonho, alto e perdido,
— e o encantamento arrependido
do meu amor.

Encomenda

Desejo uma fotografia
como esta — o senhor vê? — como esta:
em que para sempre me ria
com um vestido de eterna festa.

Como tenho a testa sombria,
derrame luz na minha testa.
Deixe esta ruga, que me empresta
um certo ar de sabedoria.

Não meta fundos de floresta
nem de arbitrária fantasia...
Não... Neste espaço que ainda resta,
ponha uma cadeira vazia.

Reinvenção

A vida só é possível
reinventada.

Anda o sol pelas campinas
e passeia a mão dourada

pelas águas, pelas folhas...
Ah! tudo bolhas
que vêm de fundas piscinas
de ilusionismo... — mais nada.

Mas a vida, a vida, a vida,
a vida só é possível
reinventada.

Vem a lua, vem, retira
as algemas dos meus braços.
Projeto-me por espaços
cheios da tua Figura.
Tudo mentira! Mentira
da lua, na noite escura.

Não te encontro, não te alcanço...
Só — no tempo equilibrada,
desprendo-me do balanço
que além do tempo me leva.
Só — na treva,
fico: recebida e dada.

Porque a vida, a vida, a vida,
a vida só é possível
reinventada.

Lua adversa

Tenho fases, como a lua.
Fases de andar escondida,
fases de vir para a rua...
Perdição da minha vida!

Perdição da vida minha!
Tenho fases de ser tua,
tenho outras de ser sozinha.

Fases que vão e que vêm,
no secreto calendário
que um astrólogo arbitrário
inventou para meu uso.

E roda a melancolia
seu interminável fuso!

Não me encontro com ninguém
(tenho fases, como a lua...).
No dia de alguém ser meu
não é dia de eu ser sua...
E, quando chega esse dia,
o outro desapareceu...

Da bela adormecida

1

(Há névoa)
Um beijo seria uma borboleta afogada em mármore.
Uma voz seria raiz perfurando cegueiras.
As paredes unificaram feitios e cores (Há névoa)
e mesmo as janelas abertas estão fechadas com arminhos
e as soleiras revestidas de musgos, liquens, pelúcias brancas.

E fundiram-se as montanhas (Há névoa), dissolveram-se no ar
                                                [os mortos astros.
As areias povoaram-se de avestruzes, ursos-brancos, beduínos,
imóveis, sentados, esperando.

(Há névoa) Entre água e céu invisíveis,
suspendem-se os navios, desfigurados em ouro difuso.
E as árvores encanecem, numa inesperada velhice.
Se uma flor cair, não poderá dizer "Boa noite!" a nenhuma outra,
porque, de ramo a ramo, erram distâncias invencíveis.

É assim como entre nós. Figura sem rosto, caminhante do mundo.
(Há névoa)
Minhas palavras são folhas soltas no ar espesso,
indo e vindo à toa, olhando apenas para si mesmas.

No peso do ar fatigante, remam as minhas mãos e
[despedaçam-se.
É sempre longe, mais longe. É sempre e cada vez mais longe.
Oh! se existisse um limite!
(Há névoa)

Filtra-se por meus olhos a cinza da noite silenciosa.
Caminha pelo meu sangue com o passo pegajoso da sua vida
[acre.
Pousa em meu coração. Descansa. Adere à minha vida guardada.
(Há névoa)

E no entanto, em minha memória, ainda existe uma espécie de
[música!

2

Deve ser o meu rosto, que se reflete por todos os lados.
E, então, a doçura da noite, com seu plácido nível de aquário
entra em perturbação, e as coisas submersas temem perder-se.

Assustarão por acaso os meus braços? Não — porque embora
[paralelos
e imóveis, e com essa emoção das estátuas quebradas,

erguem as mãos em flor, pousam os pulsos no meu peito
como sobre um menino morto.
(Tudo mais é tranquilo assim:
cada recordação acorda suaves ritmos;
e a carne sonha ser pluma, e o sangue flui dormente de felicidade,
misturando ternuras de luar, transparências d'água,
metamorfoses de terra em aroma.)

É certo que se desprendem fantasmas: hirtos santos, parentes
[tristes,
homens desconhecidos, mulheres de longe, que esperaram ser
[amadas,
e outros ainda, que não são gente — e contemplam segundo a
[sua condição.

Mas quem ouve esse deslizar entre muros serenos?
Quem sente essa respiração mais fina e essa presença mais
[tênue
que a impalpável luz das estrelas?

Ah! só meu rosto, dentro da noite, produz, decerto, espanto
[imenso.
Ele, apenas, de olhos abertos, de ermo lábio,
criança apoiada nas nuvens, erguida em pontas de pés,
[preparando o salto dos tempos.

Todos esperariam que perguntasse; mas não pergunta.
(Responder também não responde.)
Então, a noite se faz imensamente triste, e há um desespero
[sobre a vida.

E não se sente mais o mundo, e a sombra ondula em formas
[instáveis,
onda partida com o vento, enlouquecendo e atraindo...

Espera-se, talvez, sobre o meu rosto um riso imenso.
Soltai os pássaros inúmeros, agitados e tontos,
dentro de impérios recém-abertos!

Mas, no romper das asas, falta céu, de repente.
E tudo para.

Eco

Alta noite, o pobre animal aparece no morro, em silêncio.
O capim se inclina entre os errantes vaga-lumes;
pequenas asas de perfume saem de coisas invisíveis:
no chão, branco de lua, ele prega e desprega as patas, com
[sombra.

Prega, desprega e para.
Deve ser água, o que brilha como estrela, na terra plácida.
Serão joias perdidas, que a lua apanha em sua mão?
Ah!... não é isso...

E alta noite, pelo morro em silêncio, desce o pobre animal
[sozinho.

Em cima, vai ficando o céu. Tão grande. Claro. Liso.
Ao longe, desponta o mar, depois das areias espessas.
As casas fechadas esfriam, esfriam as folhas das árvores.
As pedras estão como muitos mortos: ao lado um do outro, mas
[estranhos.
E ele para, e vira a cabeça. E mira com seus olhos de homem.
Não é nada disso, porém...

Alta noite, diante do oceano, senta-se o animal, em silêncio.
Balançam-se as ondas negras. As cores do farol se alternam.
Não existe horizonte. A água se acaba em tênue espuma.

Não é isso! Não é isso!
Não é a água perdida, a lua andante, a areia exposta...
E o animal se levanta e ergue a cabeça, e late... late...

E o eco responde.

Sua orelha estremece. Seu coração se derrama na noite.
Ah! para aquele lado apressa o passo, em busca do eco.

Rimance

Por que me destes um corpo,
se estava tão descansada,
nisso que é talvez o Todo,
mas parece tanto o Nada?

Desde então andei perdida,
pois meu corpo não bastava,
— meu corpo não me servia
senão para ser escrava...

De longe vinham guerreiros,
de longe vinham soldados.
Eu, com muitos ferimentos
e os meus dois braços atados...

Uma lágrima floria
no meio da sanha brava.
Era a voz da minha vida
que de longe vos chamava.

Que chamava e que dizia:
"Levai-me destas estradas,
que ando perdida e sozinha,
com as mãos inutilizadas!

Deixai-me estar onde quero,
no vosso doce regaço,
com o vosso coração perto
do meu, no mesmo compasso,

enquanto andam as estrelas
na curva dos seus bailados,
e ao longe nuvens e ventos
galopam, enamorados,

e o mar e a terra sombrios
sofrem no silente espaço,
porque os humanos suspiros
não vêm ao vosso regaço!"

Estas coisas vos dizia.
Estas coisas vos rogava.
Mas neste corpo prendida
minha alma continuava...

Despedida

Por mim, e por vós, e por mais aquilo
que está onde as outras coisas nunca estão,
deixo o mar bravo e o céu tranquilo:
quero solidão.

Meu caminho é sem marcos nem paisagens.
E como o conheces? — me perguntarão.
— Por não ter palavras, por não ter imagens.
Nenhum inimigo e nenhum irmão.

Que procuras? — Tudo. Que desejas? — Nada.
Viajo sozinha com o meu coração.
Não ando perdida, mas desencontrada.
Levo o meu rumo na minha mão.

A memória voou da minha fronte.
Voou meu amor, minha imaginação...
Talvez eu morra antes do horizonte.
Memória, amor e o resto onde estarão?

Deixo aqui meu corpo, entre o sol e a terra.
(Beijo-te, corpo meu, todo desilusão!
Estandarte triste de uma estranha guerra...)

Quero solidão.

Mar absoluto e outros poemas
(1945)

Mar absoluto

Mar absoluto

Foi desde sempre o mar.
E multidões passadas me empurravam
como a barco esquecido.

Agora recordo que falavam
da revolta dos ventos,
de linhos, de cordas, de ferros,
de sereias dadas à costa.

E o rosto de meus avós estava caído
pelos mares do Oriente, com seus corais e pérolas,
e pelos mares do Norte, duros de gelo.

Então, é comigo que falam,
sou eu que devo ir.
Porque não há mais ninguém,
não, não haverá mais ninguém,
tão decidido a amar e a obedecer a seus mortos.

E tenho de procurar meus tios remotos afogados.
Tenho de levar-lhes redes de rezas,
campos convertidos em velas,
barcas sobrenaturais
com peixes mensageiros
e santos náuticos.

E fico tonta,
acordada de repente nas praias tumultuosas.

E apressam-me, e não me deixam sequer mirar a rosa dos ventos.
"Para adiante! Pelo mar largo!
Livrando o corpo da lição frágil da areia!
Ao mar! — Disciplina humana para a empresa da vida!"

Meu sangue entende-se com essas vozes poderosas.
A solidez da terra, monótona,
parece-nos fraca ilusão.
Queremos a ilusão grande do mar,
multiplicada em suas malhas de perigo.

Queremos a sua solidão robusta,
uma solidão para todos os lados,
uma ausência humana que se opõe ao mesquinho formigar do
[mundo,
e faz o tempo inteiriço, livre das lutas de cada dia.

O alento heroico do mar tem seu polo secreto,
que os homens sentem, seduzidos e medrosos.

O mar é só mar, desprovido de apegos,
matando-se e recuperando-se,
correndo como um touro azul por sua própria sombra,
e arremetendo com bravura contra ninguém,
e sendo depois a pura sombra de si mesmo,
por si mesmo vencido. É o seu grande exercício.

Não precisa do destino fixo da terra,
ele que, ao mesmo tempo,
é o dançarino e a sua dança.

Tem um reino de metamorfose, para experiência:
seu corpo é o seu próprio jogo,
e sua eternidade lúdica
não apenas gratuita: mas perfeita.

Baralha seus altos contrastes:
cavalo épico, anêmona suave,
entrega-se todo, despreza tudo,
sustenta no seu prodigioso ritmo
jardins, estrelas, caudas, antenas, olhos,
mas é desfolhado, cego, nu, dono apenas de si,
da sua terminante grandeza despojada.

Não se esquece que é água, ao desdobrar suas visões:
água de todas as possibilidades,
mas sem fraqueza nenhuma.

E assim como água fala-me.
Atira-me búzios, como lembrança de sua voz,
e estrelas eriçadas, como convite ao meu destino.

Não me chama para que siga por cima dele,
nem por dentro de si:
mas para que me converta nele mesmo. É o seu máximo dom.

Não me quer arrastar como meus tios outrora,
nem lentamente conduzida,
como meus avós, de serenos olhos certeiros.

Aceita-me apenas convertida em sua natureza:
plástica, fluida, disponível,
igual a ele, em constante solilóquio,
sem exigências de princípio e fim,
desprendida de terra e céu.

E eu, que viera cautelosa,
por procurar gente passada,
suspeito que me enganei,
que há outras ordens, que não foram bem ouvidas;
que uma outra boca falava: não somente a de antigos mortos,
e o mar a que me mandam não é apenas este mar.

Não é apenas este mar que reboa nas minhas vidraças,
mas outro, que se parece com ele
como se parecem os vultos dos sonhos dormidos.
E entre água e estrela estudo a solidão.

E recordo minha herança de cordas e âncoras,
e encontro tudo sobre-humano.
E este mar visível levanta para mim
uma face espantosa.

E retrai-se, ao dizer-me o que preciso.
E é logo uma pequena concha fervilhante,
nódoa líquida e instável,
célula azul sumindo-se
no reino de um outro mar:
ah! do Mar Absoluto.

Autorretrato

Se me contemplo,
tantas me vejo,
que não entendo
quem sou, no tempo
do pensamento.

Vou desprendendo
elos que tenho,
alças, enredos...
E é tudo imenso...

Formas, desenho
que tive, e esqueço!

Falas, desejo
e movimento
— a que tremendo,
vago segredo
ides, sem medo?!

Sombras conheço:
não lhes ordeno.
Como precedo
meu sonho inteiro,
e após me perco,
sem mais governo?!

Nem me lamento
nem esmoreço:
no meu silêncio
há esforço e gênio
e suave exemplo
de mais silêncio.

Não permaneço.
Cada momento
é meu e alheio.
Meu sangue deixo,
breve e surpreso,
em cada veio
semeado e isento.
Meu campo, afeito
à mão do vento,
é alto e sereno:
AMOR. DESPREZO.

Assim compreendo
o meu perfeito
acabamento.

Múltipla, venço
este tormento
do mundo eterno
que em mim carrego;
e, una, contemplo
o jogo inquieto
em que padeço.

E recupero
o meu alento
e assim vou sendo.

Ah, como dentro
de um prisioneiro
há espaço e jeito
para esse apego
a um deus supremo,
e o acerbo intento
do seu concerto
com a morte, o erro...

(Voltas do tempo
— sabido e aceito —
do seu desterro...)

Madrugada no campo

Com que doçura esta brisa penteia
a verde seda fina do arrozal —
Nem cílios, nem pluma, nem lume de lânguida
lua, nem o suspiro do cristal.

Com que doçura a transparente aurora
tece na fina seda do arrozal
aéreos desenhos de orvalho! Nem lágrima,
nem pérola, nem íris de cristal...

Com que doçura as borboletas brancas
prendem os fios verdes do arrozal
com seus leves laços! Nem dedos, nem pétalas,
nem frio aroma de anis em cristal.

Com que doçura o pássaro imprevisto
de longe tomba no verde arrozal!
— Caído céu, flor azul, estrela última:
súbito sussurro e eco de cristal.

Sugestão

Sede assim — qualquer coisa
serena, isenta, fiel.

Flor que se cumpre,
sem pergunta.

Onda que se esforça,
por exercício desinteressado.

Lua que envolve igualmente
os noivos abraçados
e os soldados já frios.

Também como este ar da noite:
sussurrante de silêncios,
cheio de nascimentos e pétalas.

Igual à pedra detida,
sustentando seu demorado destino.
E à nuvem, leve e bela,
vivendo de nunca chegar a ser.

À cigarra, queimando-se em música,
ao camelo que mastiga sua longa solidão,
ao pássaro que procura o fim do mundo,
ao boi que vai com inocência para a morte.

Sede assim qualquer coisa
serena, isenta, fiel.

Não como o resto dos homens.

Museu

Espadas frias, nítidas espadas,
duras viseiras já sem perspectiva,
cetro sem mãos, coroa já não viva
de cabeças em sangue naufragadas;
anéis de demorada narrativa,
leques sem falas, trompas sem caçadas,
pêndulos de horas não mais escutadas,
espelhos de memória fugitiva;
ouro e prata, turquesas e granadas,
  que é da presença passageira e esquiva
  das heranças dos poetas, malogradas:
  a estrela, o passarinho, a sensitiva,
  a água que nunca volta, as bem-amadas,
  a saudade de Deus, vaga e i
nativa...?

Irrealidade

Como num sonho
aqui me vedes:
água escorrendo
por estas redes
de noite e dia.
A minha fala
parece mesmo
vir do meu lábio
e anda na sala
suspensa em asas
de alegoria.

Sou tão visível
que não se estranha
o meu sorriso.
E com tamanha
clareza pensa
que não preciso
dizer que vive
minha presença.

E estou de longe,
compadecida.
Minha vigília
é anfiteatro
que toda a vida
cerca, de frente.
Não há passado
nem há futuro.
Tudo que abarco
se faz presente.

Se me perguntam
pessoas, datas,
pequenas coisas
gratas e ingratas,
cifras e marcos
de quando e de onde,
— a minha fala
tão bem responde
que todos creem
que estou na sala.

E ao meu sorriso
vós me sorris...
Correspondência
do paraíso
da nossa ausência
desconhecida
e tão feliz!

Este é o lenço

Este é o lenço de Marília,
pelas suas mãos lavrado,
nem a ouro nem a prata,
somente a ponto cruzado.
Este é o lenço de Marília
para o Amado.

Em cada ponta, um raminho,
preso num laço encarnado;
no meio, um cesto de flores,
por dois pombos transportado.

Não flores de amor-perfeito,
mas de malogrado!

Este é o lenço de Marília:
bem vereis que está manchado:
será do tempo perdido?
será do tempo passado?
Pela ferrugem das horas?
ou por molhado
em águas de algum arroio
singularmente salgado?

Finos azuis e vermelhos
do largo lenço quadrado,
— quem pintou nuvens tão negras
neste pano delicado,
sem dó de flores e de asas
nem do seu recado?

Este é o lenço de Marília,
por vento de amor mandado.
Para viver de suspiros
foi pela sorte fadado:
breves suspiros de amante,
— longos, de degredado!

Este é o lenço de Marília:
nele vereis retratado
o destino dos amores
por um lenço atravessado:
que o lenço para os adeuses
e o pranto foi inventado.

Olhai os ramos de flores
de cada lado!

E os tristes pombos, no meio,
com o seu cestinho parado
sobre o tempo, sobre as nuvens
do mau fado!

Onde está Marília, a bela?
E Dirceu, com a lira e o gado?

As altas montanhas duras,
letra a letra, têm contado
sua história aos ternos rios,
que em ouro a têm soletrado...

E as fontes de longe miram
as janelas do sobrado.

Este é o lenço de Marília
para o Amado.

Eis o que resta dos sonhos:
um lenço deixado.

Pombos e flores, presentes.
Mas o resto, arrebatado.

Caiu a folha das árvores;
muita chuva tem gastado
pedras onde houvera lágrimas.
Tudo está mudado.

Este é o lenço de Marília
como foi bordado.
Só nuvens, só muitas nuvens

vêm pousando, têm pousado
entre os desenhos tão finos
de azul e encarnado.
Conta já século e meio
de guardado.

Que amores como este lenço
têm durado,
se este mesmo está durando
mais que o amor representado?

2º motivo da rosa

A Mário de Andrade

Por mais que te celebre, não me escutas,
embora em forma e nácar te assemelhes
à concha soante, à musical orelha
que grava o mar nas íntimas volutas.

Deponho-te em cristal, defronte a espelhos,
sem eco de cisternas ou de grutas...
Ausências e cegueiras absolutas
ofereces às vespas e às abelhas,

e a quem te adora, ó surda e silenciosa,
e cega e bela e interminável rosa,
que em tempo e aroma e verso te transmutas!

Sem terra nem estrelas brilhas, presa
a meu sonho, insensível à beleza
que és e não sabes, porque não me escutas...

O tempo no jardim

Nestes jardins — há vinte anos — andaram os nossos muitos passos,
e aqueles que então éramos se contemplaram nestes lagos.

Se algum de nós avistasse o que seríamos com o tempo,
todos nós choraríamos, de mútua pena e susto imenso.

E assim nos separamos, suspirando dias futuros,
e nenhum se atrevia a desvelar seus próprios mundos.

E agora que separados vivemos o que foi vivido,
com doce amor choramos quem fomos nesse tempo antigo.

Balada do soldado Batista

Era das águas, vinha das águas:
trazia sua sorte escrita
na palma das mãos, o soldado Batista.

Nos primeiros dias de sangue,
uma velhinha chorava aflita,
soletrando o seu nome na lista.

Era das águas, vinha das águas.
Um velhinho disse: "Permita
Deus que acabe a guerra!" Na crista

dos mares já dançava o navio,
e o moço, por ser fatalista,
sorri para a onda que o solicita.

Era das águas, vinha das águas:
fora batizado Batista.
A velhinha chora. O velhinho medita.

Não vem carta? Onde está, que não manda uma letra?
Que demora tão esquisita!
Perto do amor. Longe da vista.

Era das águas, vinha das águas.
O primeiro torpedo atinge e precipita
o primeiro navio: o do soldado Batista.

O velhinho reflete: "Oxalá não tenha
ido para longe... para a África... e assista
horrores..." E a velhinha responde, contrita:

"Era das águas, vinha das águas,
que Deus o proteja, e a Virgem bendita,
e seu padrinho, São João Batista!..."

Ambos se afligem. (Quem sabe, nas águas...?)
Mas não dizem nada. Nenhum acredita
e receia também que o outro não resista...

Era das águas, vinha das águas.
Fora-se nas águas, na data prevista
pela curva da vida, em ambas as mãos inscrita.

Nas cadeiras de vime, os velhinhos sentados
perguntam a quem chega: "Quanto dista
a África do Brasil? Que distância infinita!"

Era das águas, vinha das águas, foi-se nas águas...
Os jornais já trazem, o rádio já grita:
só eles não sabem! — Morreu no mar o soldado Batista.

Só eles não sabem! Não saberão por muito tempo...
O amor preserva. O amor ressuscita.
Enquanto não souberem, sonharão que ainda exista

em algum lugar seu filho, o soldado Batista.

Vimos a lua

Vimos a lua nascer, na tarde clara.

Orvalhavam diamantes, as tranças aéreas das ondas
e as janelas abriam-se para florestas cheias de cigarras.

Vimos também a nuvem nascer no fim do oeste.
Ninguém lhe dava importância.
Parece uma pena solta — diziam.
Uma flor desfolhada.

Vimos a lua nascer, na tarde clara.
Subia com seu diadema transparente,
vagarosa, suportando tanta glória.

Mas a nuvem pequena corria veloz pelo céu.
Reuniu exércitos de lã parda,
levantou por todos os lados o alvoroto da sombra.

Quando quisemos outra vez luar,
ouvimos a chuva precipitar-se nas vidraças,
e a floresta debater-se com o vento.

Por detrás das nuvens, porém,
sabíamos que durava, gloriosa e intacta, a lua.

Transição

O amanhecer e o anoitecer
parece deixarem-me intacta.
Mas os meus olhos estão vendo
o que há de mim, de mesma e exata.

Uma tristeza e uma alegria
o meu pensamento entrelaça:
na que estou sendo a cada instante,
outra imagem se despedaça.

Este mistério me pertence:
que ninguém de fora repara
nos turvos rostos sucedidos
no tanque da memória clara.

Ninguém distingue a leve sombra
que o autêntico desenho mata.
E para os outros vou ficando
a mesma, continuada e exata.

(Chorai, olhos de mil figuras,
pelas mil figuras passadas,
e pelas mil que vão chegando,
noite e dia... — não consentidas,
mas recebidas e esperadas!)

Lamento da mãe órfã

Foge por dentro da noite,
reaprende a ter pés e a caminhar,

descruza os dedos, dilata a narina à brisa dos ciprestes,
corre entre a lua e os mármores,
vem ver-me,
entra invisível nesta casa, e a tua boca
de novo à arquitetura das palavras
habitua,
e teus olhos à dimensão e aos costumes dos vivos!

Vem para perto, nem que já estejas desmanchado
em fermentos do chão, desfigurado e decomposto!
Não te envergonhes do teu cheiro subterrâneo,
dos vermes que não podes sacudir de tuas pálpebras,
da umidade que penteia teus finos, frios cabelos
cariciosos.

Vem como estás, metade gente, metade universo,
com dedos e raízes, ossos e vento, e as tuas veias
a caminho do oceano, inchadas, sentindo a inquietação das
[marés.

Não venhas para ficar, mas para levar-me, como outrora
também te trouxe,
porque hoje és dono do caminho,
és meu guia, meu guarda, meu pai, meu filho, meu amor!

Conduze-me aonde quiseres, ao que conheces, — em teu braço
recebe-me, e caminhemos, forasteiros de mãos dadas,
arrastando pedaços de nossa vida em nossa morte,
aprendendo a linguagem desses lugares, procurando os senhores
e as suas leis,
mirando a paisagem que começa do outro lado de nossos
[cadáveres,
estudando outra vez nosso princípio, em nosso fim.

Caronte

Caronte, juntos agora remaremos:
eu com a música, tu com os remos.

Meus pais, meus avós, meus irmãos,
já também vieram, pelas tuas mãos.

Mas eu sempre fui a mais marinheira:
trata-me como tua companheira.

Fala-me das coisas que estão por aqui,
das águas, das névoas, dos peixes, de ti.

Que mundo tão suave! que barca tão calma!
Meu corpo não viste: sou alma.

Doce é deixar-se, e ternura o fim
do que se amava. Quem soube de mim?

Dize: a voz dos homens fala-nos, ainda?
Não, que antes do meio sua voz é finda.

Rema com doçura, rema devagar:
não estremeças este plácido lugar.

Pago-te em sonho, pago-te em cantiga,
pago-te em estrela, em amor de amiga.

Dize, a voz dos deuses onde principia,
neste mundo vosso, de perene dia?

Caronte, narra mais tarde, a quem vier,
como a sombra trouxeste aqui de uma mulher

tão só, que te fez seu amigo;
tão doce — ADEUS! — que cantava até contigo!

Madrugada na aldeia

Madrugada na aldeia nevosa,
com as glicínias escorrendo orvalho,
os figos prateados de orvalho,
as uvas multiplicadas em orvalho,
as últimas uvas miraculosas.

O silêncio está sentado pelos corredores,
encostado às paredes grossas,
de sentinela.

E em cada quarto os cobertores peludos envolvem o sono:
poderosos animais benfazejos, encarnados e negros.

Antes que um sol luarento
dissolva as frias vidraças,
e o calor da cozinha perfume a casa
com a lembrança das árvores ardendo,

a velhinha do leite de cabra desce as pedras da rua
antiquíssima, antiquíssima,
e o pescador oferece aos recém-acordados
os translúcidos peixes,
que ainda se movem, procurando o rio.

Leveza

Leve é o pássaro:
e a sua sombra voante,
mais leve.

E a cascata aérea
de sua garganta,
mais leve.

E o que lembra, ouvindo-se
deslizar seu canto,
mais leve.

E o desejo rápido
desse antigo instante,
mais leve.

E a fuga invisível
do amargo passante,
mais leve.

Blasfêmia

Senhora da Várzea,
Senhora da Serra!
pelos teus santuários,
com cinza na testa,
irei arrastando
os joelhos e a reza:
subindo e descendo
ladeiras de pedra,
sustentando andores,
carregando velas,
para me livrares,
Senhora, da lepra!

Senhora da Várzea,
Senhora da Serra!
terás mais altares,
terás mais capelas,
sinos de mais bronze,
mais flores, mais festas,

mais círios, mais rendas,
e de ouro coberta
brilharás, Senhora,
de fazer inveja
a todas as santas
que há na glória eterna!

Matei minha filha:
mas era tão bela!
Roubei cinco noivas:
mas o amor não cega?
E Deus não perdoa
a quem se confessa?
Ergui seis igrejas:
nenhuma te alegra?
Todas em memória
dessas seis donzelas
que por mim perderam
seu corpo, na terra...
Meus crimes, paguei-os
com brincos, fivelas,
coroas de prata,
e mais que te dera,
para me livrares,
Senhora, da lepra!

Senhora da Várzea!
Senhora da Serra!
pede-me por sonhos:
darei quanto peças
— mais ouro, mais prata,
mais luzes, mais telas.
Maior que os meus crimes
é a minha promessa.

Vejo com os meus olhos
como degenera
a carne que tive.
Por que me desprezas,
Senhora da Várzea?
Do mal que me cerca,
por que não me livras,
Senhora da Serra?
Mão com que matei,
hoje se me entreva.
Sinto desmanchada
em cinza funesta
a boca de outrora.
E a língua me emperra
aquela peçonha
de que seis donzelas
receberam morte,
lindas e sinceras.
Senhora da Várzea!
Senhora da Serra!
Paguei meus pecados,
— e não me libertas?
Calcaste dragões,
dominaste feras,
e ao mal que me oprime,
Senhora, me entregas?
Por que não me salvas?
Que ordenas? Que esperas?

Ah, santa insensível,
não sofres, não pecas!
Senhora da Várzea!
Senhora da Serra!
Devolve o ouro e a prata
das minhas ofertas!

Que o vento arrebente
portas e janelas
das tuas igrejas!
E fiquem nas trevas
ou sejam levados
pelas labaredas
altares queimados
e naves desertas!
Caiam no teu peito
mais agudas setas!
Arda em brasa o ramo
que nas mãos carregas!
Nunca mais se arrastem
meus joelhos nas pedras,
nem a minha boca
suspire mais rezas!
Nunca mais andores,
nem círios nem festas!
Dei-te seis igrejas:
que me deste? Lepra!

Senhora da Várzea!
Senhora da Serra!
Grito aos quatro ventos
do céu e da terra.
Conheci seis virgens:
nenhuma severa
como tu, nem fria,
serena e perversa!
Seis virgens matei!
Sou morto por esta!
Dei-lhe sedas e ouro
que às outras não dera!
Soluçar de joelhos,
— só diante dela!

Morro impenitente,
fazendo-lhe guerra.
Que o fogo profundo
lamba a minha lepra!
Seja eu todo cinza,
no tempo dispersa,
negra cinza do ódio
que te envolve e nega,
Senhora da Várzea,
Senhora da Serra,
ó virgem das virgens,
sem piedade — e ETERNA!

Carta

Eu, sim. — Mas a estrela da tarde, que subia e descia o céu,
[cansada e esquecida?
Mas os pobres, batendo às portas, sem resultado, pregando a
[noite e o dia com seu punho seco?
Mas as crianças, que gritavam de coração alarmado: "Por que
[ninguém nos responde?"
Mas os caminhos, mas os caminhos vazios, com suas mãos
[estendidas à toa?
Mas o Santo imóvel, deixando as coisas continuarem seu rumo?
E as músicas dentro de caixas, suspirando de asas fechadas?

Ah! — Eu, sim — porque já chorei tudo, e despi meu corpo usado
[e triste,
e as minhas lágrimas o lavaram, e o silêncio da noite o enxugou.
Mas os mortos, que dentro do chão sonhavam com pombos
[leves e flores claras,
mas os que no meio do mar pensavam na mensagem que a praia
[desenrolaria rapidamente até seus dedos...

Mas os que adormeceram, de tão excessiva vigília — e eu não sei
[mais se acordarão...
e os que morreram de tanta espera... — e que não sei se foram
[salvos...

Eu, sim. Mas tudo isso, todos esses olhos postados em ti, no alto
[da vida,
não sei se te olharão como eu,
renascida de mim, e desprovida de vinganças,
no dia em que precisares de perdão.

Desenho

Fui morena e magrinha como qualquer polinésia,
e comia mamão, e mirava a flor da goiaba.
E as lagartixas me espiavam, entre os tijolos e as trepadeiras,
e as teias de aranha nas minhas árvores se entrelaçavam.

Isso era num lugar de sol e nuvens brancas,
onde as rolas, à tarde, soluçavam mui saudosas...
O eco, burlão, de pedra em pedra ia saltando,
entre vastas mangueiras que choviam ruivas horas.

Os pavões caminhavam tão naturais por meu caminho,
e os pombos tão felizes se alimentavam pelas escadas
que era desnecessário crescer, pensar, escrever poemas,
pois a vida completa e bela e terna ali já estava.

Como a chuva caía das grossas nuvens, perfumosa!
E o papagaio como ficava sonolento!
O relógio era festa de ouro; e os gatos enigmáticos
fechavam os olhos, quando queriam caçar o tempo.

Vinham morcegos, à noite, picar os sapotis maduros,
e os grandes cães ladravam como nas noites do Império.
Mariposas, jasmins, tinhorões, vaga-lumes
moravam nos jardins sussurrantes e eternos.

E minha avó cantava e cosia. Cantava
canções de mar e de arvoredo, em língua antiga.
E eu sempre acreditei que havia música em seus dedos
e palavras de amor em minha roupa escritas.

Minha vida começa num vergel colorido,
por onde as noites eram só de luar e estrelas.
Levai-me aonde quiserdes! — aprendi com as primaveras
a deixar-me cortar e a voltar sempre inteira.

Estátua

Jardim da tarde divina,
por onde íamos passeando
saudade e melancolia.

Toda a gente me falava.
E nasceu minha alegria
do que não me disse nada.

O azul acabava-se, e era
céu, toda a sua cabeça,
poderosamente bela.

Nos seus olhos sem pupilas
meus próprios versos estavam
como memórias escritas.

E na curva de seu lábio,
o ar, em música transido,
perguntava por seu hálito.

Ah, como a tarde divina
foi velando suas flores,
água, areia, relva fria...

Nítida, redonda lua
prolongou seu corpo imóvel
numa perfeição mais pura.

Fez parecer que sorria
seu rosto para meu rosto:
divindade quase em vida.

Minha cegueira em seus olhos,
minha voz entre seus lábios,
e minha dor em seus modos.

Minha forma no seu plinto,
livre de assuntos humanos.
De longe. Sorrindo.

Enterro de Isolina

— Não faz mal que a chuva caia!
Aguentaremos a água nos olhos,
depois, cobriremos a cabeça com a saia!

— Não faz mal que no barro entremos!
Quem tropeçar, fica ajoelhado.
De barro fomos e seremos.

— Mas ninguém suje o caixão de Isolina!
Levantem bem, que o caixão é leve
onde vai a virgem menina.

— Não faz mal que nós nos sujemos:
mas levantem os ramos de rosas
e os de dálias e crisântemos!

— Andaremos léguas de estrada,
com léguas de chuva por cima.
Mas que Isolina não fique cansada!

— Esperou tanto pelo seu dia!
Mas teve vestido de seda branca
e manto igual ao da Virgem Maria.

— Tão bonitinha! Preta, preta!
Que vai ser a alma dela, agora?
— Ou beija-flor ou borboleta...

Mulher ao espelho

Hoje, que seja esta ou aquela,
pouco me importa.
Quero apenas parecer bela,
pois, seja qual for, estou morta.

Já fui loura, já fui morena,
já fui Margarida e Beatriz.
Já fui Maria e Madalena.
Só não pude ser como quis.

Que mal faz, esta cor fingida
do meu cabelo, e do meu rosto,

se tudo é tinta: o mundo, a vida,
o contentamento, o desgosto?

Por fora, serei como queira
a moda, que me vai matando.
Que me levem pele e caveira
ao nada, não me importa quando.

Mas quem viu, tão dilacerados,
olhos, braços e sonhos seus,
e morreu pelos seus pecados,
falará com Deus.

Falará, coberta de luzes,
do alto penteado ao rubro artelho.
Porque uns expiram sobre cruzes,
outros, buscando-se no espelho.

Transeunte

Venho de caminhar por estas ruas.
Tristeza e mágoa. Mágoa e tristeza.
Tenho vergonha dos meus sonhos de beleza.

Caminham sombras duas a duas,
felizes só de serem infelizes,
e sem dizerem, boca minha, o que tu dizes...

De não saberem, simples e nuas,
coisas da alma e do pensamento,
e que tudo foi pó e que tudo é do vento...

Felizes com as misérias suas,
como eu não poderia ser com a glória,
porque tenho intuições, porque tenho memória...

Porque abraçada nos braços meus,
porque, obediente à minha solidão,
vivo construindo apenas Deus...

Natureza morta

Tinha uma carne de malmequeres, fina e translúcida,
com tênues veios de ametista, como o desenho sutil dos rios.
E ainda ficava mais branco, naquela varanda cheia de luar.

Os outros peixes nadavam gloriosos por dentro das ondas,
subiam, baixavam, corriam, brilhavam trêmulos de lua,
sem saberem daquele que não pertencia mais ao mar.

Deitado de perfil, em crespos verdes sossegados,
ia sendo servido, entre vinhos claros de altos copos,
envoltos numa gelada penugem de ar.

Seu olho de pérola baça, olho de gesso, consentia
que lhe fossem levando, pouco a pouco, todo o corpo...
E à luz do céu findava, e ao murmúrio do mar.

Noite

Tão perto!
Tão longe!
Por onde
é o deserto?
Às vezes,
responde,
de perto,

de longe.
Mas depois
se esconde.
Somos um
ou dois?
Às vezes,
nenhum.
E em seguida,
tantos!
A vida
transborda
por todos
os cantos.
Acorda
com modos
de puro
esplendor.
Procuro
meu rumo:
horizonte
escuro:
um muro
em redor.
Em treva
me sumo.
Para onde
me leva?

Pergunto a Deus se estou viva,
se estou sonhando ou acordada.
Lábio de Deus! – Sensitiva
tocada.

Constância do deserto

Em praias de indiferença
navega o meu coração.
Venho desde a adolescência
na mesma navegação.
— Por que mar de tanta ausência,
e areias brancas de tão
despovoada inconsistência,
de penúria e de aflição?
(Triste saudade que pensa
entre a resposta e a intenção!)
Números de grande urgência
gritam pela exatidão:
mas a areia branca e imensa
toda é desagregação!

Em praias de indiferença
navega meu coração.
Impossível, permanência.
Impossível, direção.
E assim por toda a existência
navegar navegarão
os que têm por toda ciência
desencanto e devoção.

Trânsito

Tal qual me vês,
há séculos em mim:
números, nomes, o lugar dos mundos
e o poder do sem fim.

Inútil perguntar
por palavras que disse:
histórias vãs de circunstância,
coisas de desespero ou de meiguice.

(Mísera concessão,
no trajeto que faço:
postal de viagem, endereço efêmero,
álibi para a sombra do meu passo...)

Começo mais além:
onde tudo isso acaba, e é solidão.
Onde se abraçam terra e céu, caladamente,
e nada mais precisa explicação.

Canção

Não sou a das águas vista
nem a dos homens amada;
nem a que sonhava o artista
em cujas mãos fui formada.
Talvez em pensar que exista
vá sendo eu mesma enganada.

Quando o tempo em seu abraço
quebra meu corpo, e tem pena,
quanto mais me despedaço,
mais fico inteira e serena.
Por meu dom, divino faço
tudo a que Deus me condena.

Da virtude de estar quieta
componho o meu movimento.
Por indireta e direta,

perturbo estrelas e vento.
Sou a passagem da seta
e a seta, — em cada momento.

Não digas aos que encontrares
que fui conhecida tua.
Quando houve nos largos mares
desenho certo de rua?
E de teres visto luares,
que ousarás contar da lua?

Mudo-me breve

Recobro espuma e nuvem
e areia frágil e definitiva.
Dispõem de mim o céu e a terra,
para que minha alma insolúvel
sozinha apenas viva.

Naquelas cores de miragem
d'água e do céu, mais me compreendo.
Anjo instrutor em silêncio me leva:
e elas me fazem
ver que sou e não sou, no que estou sendo.

Fico tão longe como a estrela.
Pergunto se este mundo existe,
e se, depois que se navega,
a algum lugar, enfim, se chega...
— O que será, talvez, mais triste.

Nem barca nem gaivota:
somente sobre-humanas companhias...
Em suas mãos me entrego,

invísíveis e sem resposta.
Calada vigiarei meus dias.

Quanto mais vigiados, mais curtos!
Com que mágoa o horizonte avisto...
aproximado e sem recurso.
Que pena, a vida ser só isto!

Nós e as sombras

E em redor da mesa, nós, viventes,
comíamos, e falávamos, naquela noite estrangeira,
e nossas sombras pelas paredes
moviam-se, aconchegadas como nós,
e gesticulavam, sem voz.

Éramos duplos, éramos tríplices, éramos trêmulos,
à luz dos bicos de acetileno,
pelas paredes seculares, densas, frias,
e vagamente monumentais.
Mais do que as sombras éramos irreais.

Sabíamos que a noite era um jardim de neve e lobos.
E gostávamos de estar vivos, entre vinhos e brasas,
muito longe do mundo,
de todas as presenças vãs,
envoltos em ternura e lãs.

Até hoje pergunto pelo singular destino
das sombras que se moveram juntas, pelas mesmas paredes...
Oh, as sem saudades, sem pedidos, sem respostas...
Tão fluidas! Enlaçando-se e perdendo-se pelo ar...
Sem olhos para chorar...

Dia de chuva

As espumas desmanchadas
sobem-me pela janela,
correndo em jogos selvagens
de corça e estrela.

Pastam nuvens no ar cinzento:
bois aéreos, calmos, tristes,
que lavram esquecimento.

Velhos telhados limosos
cobrem palavras, armários,
enfermidades, heroísmos...

Quem passa é como um funâmbulo,
equilibrado na lama,
metendo os pés por abismos...

Dia tão sem claridade!
só se conhece que existes
pelo pulso dos relógios...

Se um morto agora chegasse
àquela porta, e batesse,
com um guarda-chuva escorrendo,
e, com limo pela face,
ali ficasse batendo,
— ali ficasse batendo
àquela porta esquecida
sua mão de eternidade...

Tão frenético anda o mar
que não se ouviria o morto
bater à porta e chamar...

E o pobre ali ficaria
como debaixo da terra,
exposto à surdez do dia.

Pastam nuvens no ar cinzento.
Bois aéreos que trabalham
no arado do esquecimento.

Os dias felizes

O vento

O cipreste inclina-se em fina reverência
e as margaridas estremecem, sobressaltadas.

A grande amendoeira consente que balancem
suas largas folhas transparentes ao sol.

Misturam-se uns aos outros, rápidos e frágeis,
os longos fios da relva, lustrosos, lisos cílios verdes.

Frondes rendadas de acácias palpitam inquietamente
com o mesmo tremor das samambaias
debruçadas nos vasos.

Fremem os bambus sem sossego,
num insistente ritmo breve.

O vento é o mesmo:
mas sua resposta é diferente, em cada folha.

Somente a árvore seca fica imóvel,
entre borboletas e pássaros.

Como a escada e as colunas de pedra,
ela pertence agora a outro reino.
Seu movimento secou também, num desenho inerte.
Jaz perfeita, em sua escultura de cinza densa.

O vento que percorre o jardim
pode subir e descer por seus galhos inúmeros:

ela não responderá mais nada,
hirta e surda, naquele verde mundo sussurrante.

Surdina

Quem toca piano sob a chuva,
na tarde turva e despovoada?
De que antiga, límpida música
recebo a lembrança apagada?

Minha vida, numa poltrona
jaz, diante da janela aberta.
Vejo árvores, nuvens, — e a longa
rota do tempo, descoberta.

Entre os meus olhos descansados
e os meus descansados ouvidos,
alguém colhe com dedos calmos
ramos de som, descoloridos.

A chuva interfere na música.
Tocam tão longe! O turvo dia
mistura piano, árvore, nuvens,
séculos de melancolia...

Madrugada

O canto dos galos rodeia a madrugada
de altas torres de música chorosa.

O canto dos galos sobe do mundo
ajudando a separação da noite e do dia.

É melancólico levar a lua para longe do horizonte,
e destruir da noite estrelada as últimas flores.

O canto dos galos incansável sustenta a hora indecisa.

Somente o esplendor da montanha ofusca as vozes que
                                   [plangiam.

Por quem plangiam essas vozes vagarosas,
no vasto lamento, simultâneas e isoladas?

Pela noite — ainda inclinada para o ocidente em sono?
ou pelo sol — que arranca a terra ao convívio das estrelas?

O aquário

O aquário tem um bosque verde submerso,
que não conhece pássaros nem vento.

Areias douradas e limosas
prendem raízes pálidas,
que se prolongam em finas palmas,
em longas folhas ovais,
em crespos filamentos hirtos.

Nesse mundo sem voz,
navegam os peixes vermelhos.

Seus olhos cegos são dois preguinhos de ferro,
e é apenas um peso de prata o seu abdome
para equilíbrio do corpo incerto e transparente.

No circo líquido,
são trapezistas de malhas de ouro
em exercícios livres.
Descem de cabeça até o chão de areia,
sobem à superfície densa
onde beijam seu reflexo.
Deslizam horizontais,
movendo a mandíbula triste,
mostrando pelo contorno do lábio prateado
a cavidade escarlate que são.

Às vezes, em súbito pânico,
atravessam toda a água em correria brusca,
ou mordem a poeira verde que está sobre as folhas frias.

Seu olho sem pálpebra resvala imóvel,
e seus tênues enfeites plissados
esvoaçam frenéticos.

Suspendem-se em trapézios invisíveis,
e à luz da manhã cintilam em nudez de coral.

Alta noite, estão quietos,
colados aos vidros,
ou de lábio plantado na areia,
ou boiando como pétalas encarnadas.

Mas, se alguém passa,
voam sonâmbulos de um lado para outro,
tão fluidos, tão ágeis
que nunca se tocam,
não tocam as plantas,
e nem na água deixam a menor oscilação.

Todos os dias pergunto às plantas,
pergunto aos peixes do aquário
a razão de sua existência
ali no meio da sala.

Inclino à beira do vidro
minhas perguntas sem palavras.

Pode ser que me estejam respondendo,
e que suas respostas silenciosas
sejam também perguntas a respeito do meu rosto,
do meu rosto que sentem, mas não veem.

Alvura

Cantemos também os frescos lençóis e as colchas brancas,
estes campos de malmequeres engomados
onde o sono nem sonha.

Cantemos os flocos das cortinas,
as nuvens que adornam o céu de nácar,
as dálias com seus colares de orvalho,
e os mármores da porta, onde um raio de sol inscreve o dia.

Cantemos, cantemos estes ladrilhos cintilantes,
e o claro esmalte por onde escorrem, tumultuosos,
matinais jorros de água, de precipitada espuma.

Cantemos a faiança lisa, os guardanapos ofuscantes,
e o perfumado arroz-doce, e o leite, e a nata, e o sal e o açúcar,
e os punhos de Edite, lustrosos e duros como a louça,

e seus dez dedos paralelos com umas belas unhas nítidas,
que encrustam de cada lado da espelhante bandeja cromada
cinco finas, tênues, alvas luas crescentes.

Elegia
1933-1937

À memória de
Jacintha Garcia Benevides,
minha Avó

*... le sang de nos ancêtres qui forme avec le nôtre cette chose
sans équivalence qui d'ailleurs ne se répétera pas...*

R. M. Rilke, *Lettres à un jeune poète*

1

Minha primeira lágrima caiu dentro dos teus olhos.
Tive medo de a enxugar: para não saberes que havia caído.

No dia seguinte, estavas imóvel, na tua forma definitiva,
modelada pela noite, pelas estrelas, pelas minhas mãos.

Exalava-se de ti o mesmo frio do orvalho; a mesma claridade
[da lua.

Vi aquele dia levantar-se inutilmente para as tuas pálpebras,
e a voz dos pássaros e a das águas correr,
— sem que a recolhessem teus ouvidos inertes.

Onde ficou teu outro corpo? Na parede? Nos móveis? No teto?

Inclinei-me sobre o teu rosto, absoluta, como um espelho.
E tristemente te procurava.

Mas também isso foi inútil, como tudo mais.

2

Neste mês, as cigarras cantam
e os trovões caminham por cima da terra,
agarrados ao sol.
Neste mês, ao cair da tarde, a chuva corre pelas montanhas,
e depois a noite é mais clara,
e o canto dos grilos faz palpitar o cheiro molhado do chão.

Mas tudo é inútil,
porque os teus ouvidos estão secos como conchas vazias,
e a tua narina imóvel
não recebe mais notícia
do mundo que circula no vento.

Neste mês, sobre as frutas maduras cai o beijo áspero das
[vespas...
— e o arrulho dos pássaros encrespa a sombra,
como água que borbulha.

Neste mês, abrem-se cravos de perfume profundo e obscuro;
a areia queima, branca e seca,
junto ao mar lampejante:
de cada fronte desce uma lágrima de calor.

Mas tudo é inútil,
porque estás encostada à terra fresca,
e os teus olhos não buscam mais lugares
nesta paisagem luminosa,
e as tuas mãos não se arredondam já
para a colheita nem para a carícia.

Neste mês, começa o ano, de novo,
e eu queria abraçar-te.
Mas tudo é inútil:
eu e tu sabemos que é inútil que o ano comece.

3

Minha tristeza é não poder mostrar-te as nuvens brancas,
e as flores novas, como aroma em brasa,
com suas coroas crepitantes de abelhas.

Teus olhos sorririam,
agradecendo a Deus o céu e a terra:
eu sentiria teu coração feliz
como um campo onde choveu.

Minha tristeza é não poder acompanhar contigo
o desenho das pombas voantes,
o destino dos trens pelas montanhas,
e o brilho tênue de cada estrela
brotando à margem do crepúsculo.

Tomarias o luar nas tuas mãos,
fortes e simples como as pedras,
e dirias apenas: "Como vem tão clarinho!"

E nesse luar das tuas mãos se banharia a minha vida,
sem perturbar sua claridade,
mas também sem diminuir minha tristeza.

4

Escuto a chuva batendo nas folhas, pingo a pingo.
Mas há um caminho de sol entre as nuvens escuras.
E as cigarras sobre as resinas continuam cantando.

Tu percorrerias o céu com teus olhos nevoentos,
e calcularias o sol de amanhã,
e a sorte oculta de cada planta.

E amanhã descerias toda coberta de branco,
brilharias à luz como o sal e a cânfora,
mirarias os cravos, contentes com a chuva noturna,
tomarias na mão os frutos do limoeiro, tão verdes,
e entre o veludo da vinha, verias armar-se o cristal dos bagos.

E olharias o sol subindo ao céu com asas de fogo.
Tuas mãos e a terra secariam bruscamente.
Em teu rosto, como no chão,
haveria flores vermelhas abertas.

Dentro do teu coração, porém, estavam as fontes frescas,
sussurrando.
E os canteiros viam-te passar
como a nuvem mais branca do dia.

5

Um jardineiro desconhecido se ocupará da simetria
desse pequeno mundo em que estás.

Suas mãos vivas caminharão acima das tuas, em descanso,
das tuas que calculavam primaveras e outonos,
fechadas em sementes e escondidos na flor!

Tua voz sem corpo estará comandando,
entre terra e água,
o aconchego das raízes tenras,
a ordenação das pétalas nascentes.

À margem desta pedra que te cerca,
o rosto das flores inclinará sua narrativa:
história dos grandes luares,
crescimento e morte dos campos,

giros e músicas de pássaros,
arabescos de libélulas roxas e verdes.
Conversareis longamente,
em vossa linguagem inviolável.

Os anjos de mármore ficarão para sempre ouvindo:
que eles também falam em silêncio.

Mas a mim — se te chamar, se chorar — não me ouvirás,
por mais perto que venha, não sou mais que uma sombra
caminhando em redor de uma fortaleza.

Queria deixar-te aqui as imagens do mundo que amaste:
o mar com seus peixes e suas barcas;
os pomares com cestos derramados de frutos;
os jardins de malva e trevo, com seus perfumes brancos e
[vermelhos.

E aquela estrela maior, que a noite levava na mão direita.
E o sorriso de uma alegria que eu não tive,
mas te dava.

6

Tudo cabe aqui dentro:
vejo tua casa, tuas quintas de fruta,
as mulas deixando descarregarem seirões repletos,
e os cães de nomes antigos
ladrando majestosamente
para a noite aproximada.

Range a atafona sobre uma cantiga arcaica:
e os fusos ainda vão enrolando o fio
para a camisa, para a toalha, para o lençol.

Nesse fio vai o campo onde o vento saltou.
Vai o campo onde a noite deixou seu sono orvalhado.
Vai o sol com suas vestimentas de ouro
cavalgando esse imenso gavião do céu.

Tudo cabe aqui dentro:
teu corpo era um espelho pensante do universo.
E olhavas para essa imagem, clarividente e comovida.

Foi do barro das flores, o teu rosto terreno,
e uns liquens de noite sem luzes
se enrolaram em tua cabeça de deusa rústica.

Mas puseram-te numa praia de onde os barcos saíam
para perderem-se.
Então, teus braços se abriram,
querendo levar-te mais longe:
porque eras a que salvava.
E ficaste com um pouco de asas.

Teus olhos, porém, mediram a flutuação do caminho.
Por isso, tua testa se vincou de alto a baixo,
e tuas pálpebras meigas
se cobriram de cinza.

7

O crepúsculo é este sossego do céu
com suas nuvens paralelas
e uma última cor penetrando nas árvores
até os pássaros.

É esta curva dos pombos, rente aos telhados,
este cantar de galos e rolas, muito longe;
e, mais longe, o abrolhar de estrelas brancas,
ainda sem luz.

Mas não era só isto, o crepúsculo:
faltam os teus dois braços numa janela, sobre flores,
e em tuas mãos o teu rosto,
aprendendo com as nuvens a sorte das transformações.

Faltam teus olhos com ilhas, mares, viagens, povos,
tua boca, onde a passagem da vida
tinha deixado uma doçura triste,
que dispensava palavras.

Ah, falta o silêncio que estava entre nós,
e olhava a tarde, também.

Nele vivia o teu amor por mim,
obrigatório e secreto.
Igual à face da Natureza:
evidente, e sem definição.

Tudo em ti era uma ausência que se demorava:
uma despedida pronta a cumprir-se.

Sentindo-o, cobria minhas lágrimas com um riso doido.
Agora, tenho medo que não visses
o que havia por detrás dele.

Aqui está meu rosto verdadeiro,
defronte do crepúsculo que não alcançaste.
Abre o túmulo, e olha-me:
dize-me qual de nós morreu mais.

8

Hoje! Hoje de sol e bruma,
com este silencioso calor sobre as pedras e as folhas!

Hoje! Sem cigarras nem pássaros.
Gravemente. Altamente.
Com flores abafadas pelo caminho,
entre essas máscaras de bronze e mármore
no eterno rosto da terra.

Hoje.

Quanto tempo passou entre a nossa mútua espera!
Tu, paciente e inutilizada,
contando as horas que te desfaziam.
Meus olhos repetindo essas tuas horas heroicas,
no brotar e morrer desta última primavera
que te enfeitou.

Oh, a montanha de terra que agora vão tirando do teu peito!

Alegra-te, que aqui estou,
fiel, neste encontro,
como se do modo antigo vivesses
ou pudesses, com a minha chegada, reviver.

Alegra-te, que já se desprendem as tábuas que te fecharam,
como se desprendeu o corpo
em que aprendeste longamente a sofrer.

E, como o áspero ruído da pá cessou neste instante,
ouve o amplo e difuso rumor da cidade em que continuo,
— tu, que resides no tempo, no tempo unânime!

Ouve-o e relembra
não as estampas humanas: mas as cores do céu e da terra,
o calor do sol,
a aceitação das nuvens,
o grato deslizar das águas dóceis.
Tudo o que amamos juntas.
Tudo em que me dispersarei como te dispersaste.
E mais esse perfume de eternidade,
intocável e secreto,
que o giro do universo não perturba.

Apenas, não podemos correr, agora,
uma para a outra.

Não sofras, por não te poderes levantar
do abismo em que te reclinas:
não sofras, também,
se um pouco de choro se debruça nos meus olhos,
procurando-te.

Não te importes que escute cair,
no zinco desta humilde caixa,
teu crânio, tuas vértebras,
teus ossos todos, um por um...

Pés que caminhavam comigo,
mãos que me iam levando,
peito do antigo sono,
cabeça do olhar e do sorriso...

Não te importes. Não te importes...

Na verdade, tu vens como eu te queria inventar:
e de braço dado desceremos por entre pedras e flores.
Posso levar-te ao colo, também,
pois na verdade estás mais leve que uma criança.

— Tanta terra deixaste porém sobre o meu peito!
irás dizendo, sem queixa,
apenas como recordação.

E eu, como recordação, te direi:
— Pesaria tanto quanto o coração que tiveste,
o coração que herdei?

Ah, mas que palavras podem os vivos dizer aos mortos?

***

E hoje era o teu dia de festa!
Meu presente é buscar-te.
Não para vires comigo:
para te encontrares com os que, antes de mim,
vieste buscar, outrora.
Com menos palavras, apenas.
Com o mesmo número de lágrimas.
Foi lição tua chorar pouco,
para sofrer mais.

Aprendi-a demasiadamente.

Aqui estamos, hoje.
Com este dia grave, de sol velado.
De calor silencioso.
Todas as estátuas ardendo.
As folhas, sem um tremor.

Não tens fala, nem movimento nem corpo.
E eu te reconheço.

Ah, mas a mim, a mim,
quem sabe se me poderás reconhecer!

Retrato natural
(1949)

Cantarão os galos

Cantarão os galos, quando morrermos,
e uma brisa leve, de mãos delicadas,
tocará nas franjas, nas sedas
mortuárias.

E o sono da noite irá transpirando
sobre as claras vidraças.

E os grilos, ao longe, serrarão silêncios,
talos de cristal, frios, longos ermos,
e o enorme aroma das árvores.

Ah, que doce lua verá nossa calma
face ainda mais calma que o seu grande espelho
de prata!

Que frescura espessa em nossos cabelos,
livres como os campos pela madrugada!

Na névoa da aurora,
a última estrela
subirá pálida.

Que grande sossego, sem falas humanas,
sem o lábio dos rostos de lobo,
sem ódio, sem amor, sem nada!

Como escuros profetas perdidos,
conversarão apenas os cães, pelas várzeas.
Fortes perguntas. Vastas pausas.

Nós estaremos na morte
com aquele suave contorno
de uma concha dentro d'água.

Elegia a uma pequena borboleta

Como chegavas do casulo,
— inacabada seda viva! —
tuas antenas — fios soltos
da trama de que eras tecida,
e teus olhos, dois grãos da noite
de onde o teu mistério surgia,

como caíste sobre o mundo
inábil, na manhã tão clara,
sem mãe, sem guia, sem conselho,
e rolavas por uma escada
como papel, penugem, poeira,
com mais sonho e silêncio que asas,

minha mão tosca te agarrou
com uma dura, inocente culpa,
e é cinza de lua teu corpo,
meus dedos, sua sepultura.
Já desfeita e ainda palpitante,
expiras sem noção nenhuma.

Ó bordado do véu do dia,
transparente anêmona aérea!
não leves meu rosto contigo:
leva o pranto que te celebra,
no olho precário em que te acabas,
meu remorso ajoelhado leva!

Choro a tua forma violada,
miraculosa, alva, divina,
criatura de pólen, de aragem,
diáfana pétala da vida!
Choro ter pesado em teu corpo
que no estame não pesaria.

Choro esta humana insuficiência:
— a confusão dos nossos olhos,
— o selvagem peso do gesto,
— cegueira — ignorância — remotos
instintos súbitos — violências
que o sonho e a graça prostram mortos.

Pudesse a etéreos paraísos
ascender teu leve fantasma,
e meu coração penitente
ser a rosa desabrochada
para servir-te mel e aroma,
por toda a eternidade escrava!

E as lágrimas que por ti choro
fossem o orvalho desses campos,
— os espelhos que refletissem
— voo e silêncio — os teus encantos,
com a ternura humilde e o remorso
dos meus desacertos humanos!

Cantata vesperal

Cerrai-vos, olhos, que é tarde, e longe,
e acabou-se a festa do mundo:
começam as saudades hoje.

Longos adeuses pelas varandas
perdem-se; e vão fugindo em mármore
cascatas céleres de escadas.

Pelos portões não passam mais sombras,
nem há mais vozes que se entendam
nas distâncias que o céu desdobra.

As ruas levam a mares densos.
E pelos mares fogem barcas
sem esperanças de endereços.

Balada das dez bailarinas do cassino

Dez bailarinas deslizam
por um chão de espelho.
Têm corpos egípcios com placas douradas,
pálpebras azuis e dedos vermelhos.
Levantam véus brancos, de ingênuos aromas,
e dobram amarelos joelhos.

Andam as dez bailarinas
sem voz, em redor das mesas.
Há mãos sobre facas, dentes sobre flores
e os charutos toldam as luzes acesas.
Entre a música e a dança escorre
uma sedosa escada de vileza.

As dez bailarinas avançam
como gafanhotos perdidos.
Avançam, recuam, na sala compacta,
empurrando olhares e arranhando o ruído.
Tão nuas se sentem que já vão cobertas
de imaginários, chorosos vestidos.

As dez bailarinas escondem
nos cílios verdes as pupilas.
Em seus quadris fosforescentes,
passa uma faixa de morte tranquila.
Como quem leva para a terra um filho morto,
levam seu próprio corpo, que baila e cintila.

Os homens gordos olham com um tédio enorme
as dez bailarinas tão frias.
Pobres serpentes sem luxúria,
que são crianças, durante o dia.
Dez anjos anêmicos, de axilas profundas,
embalsamados de melancolia.

Vão perpassando como dez múmias,
as bailarinas fatigadas.
Ramo de nardos inclinando flores
azuis, brancas, verdes, douradas.
Dez mães chorariam, se vissem
as bailarinas de mãos dadas.

O enorme vestíbulo

Deixai-me andar por muito tempo
neste vosso enorme vestíbulo,
quando os lacaios não existam
e a luz do lustre, que é tão plácida,
envolva em mãos de brando sono
a alva, preguenda escadaria,
límpido vestido sem dono.

Quero mirar minhas distâncias
nos espelhos de cada lado,
e ouvir o sonho das resinas
nas curvas cômodas lustrosas
como uns estranhos contrabaixos
que, em vez de música, dão rosas.

Deixai meu passo amortecido
ir e vir pelo branco e preto

mármore calmo, que outros pisam
sem ver... — levados pela pressa
de alcançar a festa, nas salas
onde perfis, sedas e risos,
copos de oscilantes topázios,
criam ruidosos paraísos.

Deixai-me aqui, livre e sozinha,
diante das portas encantadas
que anulam os jardins da noite.
Pelo balaústre, florescem
lírios verdes, que nunca morrem
nem nunca viveram. E a abstrata
luz inviolável dos espelhos
dorme sem uma só presença
de lábios, perguntas, olhares,
agasalhada no silêncio
de seus sucessivos lugares.

Neste vosso longo vestíbulo,
vou-me esquecendo do meu nome,
vou desconhecendo meu rosto,
vou-me perdendo e libertando
em pura matéria divina.
Nas teias de sonho que teço
— quem fico sendo, em meu limite,
sem ver meu fim nem meu começo?

Deixai-me neste solitário
recinto, onde tudo ressoa
como se atrás do mundo houvesse
uns alarmados moradores
de olhos eternamente abertos.
Deixai-me escutar seus clamores,
que são como os dos meus desertos.

No desnudo mármore, o tempo
deixa o rosto perseverante.
Pela transparência dos vidros,
vejo caminhos sem muralhas.
O ar é de apelo e confidência.
Tudo dissolve seus segredos.
Entre todos os convidados,
eu só guardo a sombra da festa:
pequena bússola em meus dedos.

Canção póstuma

Fiz uma canção para dar-te;
porém tu já estavas morrendo.
A Morte é um poderoso vento.
E é um suspiro tão tímido, a Arte...

É um suspiro tímido e breve
como o da respiração diária.
Choro de pomba. E a Morte é uma águia
cujo grito ninguém descreve.

Vim cantar-te a canção do mundo,
mas estás de ouvidos fechados
para os meus lábios inexatos,
— atento a um canto mais profundo.

E estou como alguém que chegasse
ao centro do mar, comparando
aquele universo de pranto
com a lágrima da sua face.

E agora fecho grandes portas
sobre a canção que chegou tarde.
E sofro sem saber de que Arte
se ocupam as pessoas mortas.

Por isso é tão desesperada
a pequena, humana cantiga.
Talvez dure mais do que a vida.
Mas à Morte não diz mais nada.

Infância

Levaram as grades da varanda
por onde a casa se avistava.
As grades de prata.

Levaram a sombra dos limoeiros
por onde rodavam arcos de música
e formigas ruivas.

Levaram a casa de telhado verde
com suas grutas de conchas
e vidraças de flores foscas.

Levaram a dama e o seu velho piano
que tocava, tocava, tocava
a pálida sonata.

Levaram as pálpebras dos antigos sonhos,
deixaram somente a memória
e as lágrimas de agora.

Comunicação

Pequena lagartixa branca,
ó noiva brusca dos ladrilhos!
sobe à minha mesa, descansa,
debruça-te em meus calmos livros.

Ouve comigo a voz dos poetas
que agora não dizem mais nada,
— e diziam coisas tão belas! —
ó ídolo de cinza e prata!

Ó breve deusa de silêncio
que na face da noite corres
como a dor pelo pensamento,
— e sozinha miras e foges.

Pequena lagartixa — vinda
para quê? — pousa em mim teus olhos.
Quero contemplar tua vida,
a repetição dos teus mortos.

Como os poetas que já cantaram,
e que já ninguém mais escuta,
eu sou também a sombra vaga
de alguma interminável música!

Para em meu coração deserto!
Deixa que te ame, ó alheia, ó esquiva...
Sobre a torrente do universo,
nas pontes frágeis da poesia.

Canção

Não te fies do tempo nem da eternidade,
que as nuvens me puxam pelos vestidos,
que os ventos me arrastam contra o meu desejo!
Apressa-te, amor, que amanhã eu morro,
que amanhã morro e não te vejo!

Não demores tão longe, em lugar tão secreto,
nácar de silêncio que o mar comprime,
ó lábio, limite do instante absoluto!
Apressa-te, amor, que amanhã eu morro,
que amanhã morro e não te escuto!

Aparece-me agora, que ainda reconheço
a anêmona aberta na tua face
e em redor dos muros o vento inimigo...
Apressa-te, amor, que amanhã eu morro,
que amanhã morro e não te digo...

Improviso para Norman Fraser

O músico a meu lado come
o pequeno peixe prateado.

Percorre-lhe a pele brilhante,
abre-a, leve, de lado a lado.

Úmido deus de água e alabastro,
aparece o peixe despido.

E, como os deuses, pouco a pouco,
vai sendo pelo homem destruído.

Ah, mas que delicado culto,
que elegante, harmonioso trato

se pode dispensar a um peixe
como um deus exposto num prato!

Vinde ver, tiranos do mundo,
esta suprema gentileza

de comer! — que deixa perdoado
o gume da faca na mesa!

Em sua pele cintilante,
nítido, fino, íntegro, certo,

jaz o peixe, — ramo de espinhos
musicalmente descoberto.

Ó fim venturoso! Invejai-o,
corais, anêmonas, medusas!

Vede como era, além da carne,
frase secreta, em semifusas!

Os gatos da tinturaria

Os gatos brancos, descoloridos,
passeiam pela tinturaria,
miram polícromos vestidos.

Com soberana melancolia,
brota nos seus olhos erguidos
o arco-íris, resumo do dia,

ressuscitando dos seus olvidos,
onde apagado cada um jazia,
abstratos lumes sucumbidos.

No vasto chão da tinturaria,
xadrez sem fim, por onde os ruídos
atropelam a geometria,

os grandes gatos abrem compridos
bocejos, na dispersão vazia
da voz feita para gemidos.

E assim proclamam a monarquia
da renúncia, e, tranquilos vencidos,
dormem seu tempo de agonia.

Olham ainda para os vestidos,
mas baixam a pálpebra fria.

Entusiasmo

Por uns caminhos extravagantes,
irei ao encontro desses amores
- por que suspiro - distantes.

Rejeito os vossos, que são de flores.
Eu quero as vagas, quero os espinhos
e as tempestades, senhores.

Sou de ciganos e de adivinhos.
Não me conformo com os circunstantes
e a cor dos vossos caminhos.

Ide com os zoilos e os sicofantes.
Mas respeitai vossos adversários,
que nem querem ser triunfantes.

Vou com sonâmbulos e corsários,
poetas, astrólogos, e a torrente
dos mendigos perdulários.

E cantamos fantasticamente,
pelos caminhos extravagantes,
para Deus – nosso parente.

Postal

Por cima de que jardim
duas pombinhas estão,
dizendo uma para a outra:
"Amar, sim; querer-te, não"?

Por cima de que navios
duas gaivotas irão
gritando a ventos opostos:
"Sofrer, sim; queixar-se, não"?

Em que lugar, em que mármores,
que aves tranquilas virão
dizer à noite vazia:
"Morrer, sim; esquecer, não"?

E aquela rosa de cinza
que foi nosso coração,
como estará longe, e livre
de toda e qualquer canção!

Desenho

Pescador tão entretido
numa pedra ao sol,
esperando o peixe ferido
pelo teu anzol,

há um fio do céu descido
sobre o teu coração:
de longe estás sendo ferido
por outra mão.

Profundidade

Que o alado capitel e a serena cornija em nuvens
se desenrolem,
e a alta janela desate os seus braços e em céus tênues
perca seu gesto,
que a estátua com seu nome se veja partida em grandes
escombros neutros,
que as escadas não tenham mais finalidade e os olhos
não as entendam,
— ah, tudo isso é um vago desastre de andaimes e poeira...

Mas o alicerce enterrado persiste, embora os homens
sintam somente
um musgo mais denso que enreda os passos da loucura
e atrasa a morte.

Faisão prateado

Quem trouxe o faisão prateado
para a sombra de meus ramos?
Não é meu, não se demora,
e estão meus olhos chorando.

Tem longas plumas de adeuses,
tem asas tênues de cinza.
Tem uma voz de lonjura
dilatada na pupila.

Ah, o faisão prateado!

Com seus modos de safira,
em finos corais pousado,
vai fugindo e vai cortando
meu coração, como um barco.

Não te quero! Não te quero!
Só pergunto quem te trouxe.
Tristezas de nunca e sempre
não se comparam às de hoje.

Ah, o faisão prateado!

Bem que canto "Não te quero",
como alguém que nada sofre.
Deus sabe quanto me custa.
Deus sabe e não me socorre.

O principiante

Sua mão mal se movimenta,
custa a escorregar pela mesa,
caracol no jardim da ciência,
desenrolando letra a letra
a obscura linha do seu nome.

Ah, como é leve o átomo puro,
e ágil o equilíbrio do mundo,
e rápido, e célere, o curso
do céu, do destino de tudo!

Mas na terra o pálido aluno
devagar escreve o seu nome.

O cavalo morto

Vi a névoa da madrugada
deslizar seus gestos de prata,
mover densidades de opala
naquele pórtico de sono.

Na fronteira havia um cavalo morto.

Grãos de cristal rolavam pelo
seu flanco nítido; e algum vento
torcia nas crinas pequeno,
leve arabesco, triste adorno,

— e movia a cauda ao cavalo morto.

As estrelas ainda viviam
e ainda não eram nascidas
ai! as flores daquele dia...
— mas era um canteiro o seu corpo:

um jardim de lírios, o cavalo morto.

Muitos viajantes contemplaram
a fluida música, a orvalhada
das grandes moscas de esmeralda
chegando em rumoroso jorro.

Adernava triste, o cavalo morto.

E viam-se uns cavalos vivos,
altos como esbeltos navios,
galopando nos ares finos,
com felizes perfis de sonho.

Branco e verde via-se o cavalo morto,

no campo enorme e sem recurso,
— e devagar girava o mundo
entre as suas pestanas, turvo
como em luas de espelho roxo.

Dava o sol nos dentes do cavalo morto.

Mas todos tinham muita pressa,
e não sentiram como a terra
procurava, de légua em légua,
o ágil, o imenso, o etéreo sopro
que faltava àquele arcabouço.

Tão pesado, o peito do cavalo morto!

A flor e o ar

A flor que atiraste agora,
quisera trazê-la ao peito;
mas não há tempo nem jeito...
Adeus, que me vou embora.

Sou dançarina do arame,
não tenho mão para flor:
Pergunto, ao pensar no amor,
como é possível que se ame.

Arame e seda, percorro
o fio do tempo liso.
E nem sei do que preciso,
de tão depressa que morro.

Neste destino a que vim,
tudo é longe, tudo é alheio.
Pulsa o coração no meio
só para marcar o fim.

Pastora descrida

Eu, pastora, que apascento
estrelas da madrugada
pelas campinas do vento,

fui falar ao eco antigo,
a cuja voz fui criada,
e que supus meu amigo.

"Sou sempre a de antigamente",
murmurei-lhe, enternecida.
E ele anunciou longe: "Mente!"

Mas era a minha verdade
e, vendo-me assim descrida,
padeci com a falsidade.

"Eco amigo, eu não te iludo:
pastora sou destes prados
onde se confunde tudo;

mas sou de ontem e de agora,
dentro dos despedaçados
instantes de nenhuma hora...

A amargura não me aumentes..."
E o eco antigo, infiel e exato,
repetiu-me perto: "Mentes..."

Vergada em móveis espelhos,
vi nas águas meu retrato,
chorei sobre mim, de joelhos.

Mas o gado que pascia
pelas colinas da aurora,
mascando as margens do dia,

veio a mim sem que o esperasse,
lambeu-me os olhos de outrora,
— reconheceu minha face.

Amor em Leonoreta
(1951)

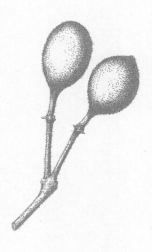

A
João de Castro Osório
e
José Osório de Oliveira

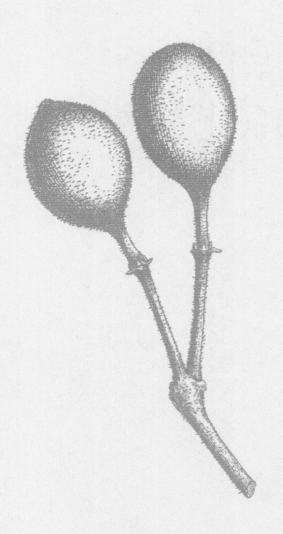

Leonoreta, fin'roseta,
bela sobre toda fror,
fin'roseta, non me meta
en tal coita vosso amor!
(do *Amadis de Gaula*)

I

Pela noite nemorosa,
só por alma te procuro,
ai, Leonoreta!
Leva a seta um rumo claro,
desfechada no ar escuro...
O licorne beija a rosa,
canta a fênix do alto muro:
mas é tal meu desamparo,
Leonoreta, fin'roseta,
que a chamar não me aventuro.

Rondo em sonho a tua porta,
por silêncios esvaída.
Ai, Leonoreta,
sejas viva, sejas morta,
apesar de sofrer tanto,
puro amor é minha vida.
Com três séculos de pranto,
fez-se de sal a espineta
que me acompanhava o canto.

Leonoreta, fin'roseta,
branca sobre toda flor,
ai, Leonoreta,
nos bosques atrás do mundo,

por mais que eu não to prometa,
encontrarás meu amor,
desgraçado mas jucundo,
sem desgosto e sem favor.
Leonoreta, não te meta
en gran coita a minha dor!

O licorne beija a rosa,
canta a fênix do alto muro...
Ai, Leonoreta,
salamandras e quimeras
vêm saber o que procuro.
Pela noite nemorosa,
tornam-se os picos das eras
vales rasos de violeta...
Não me digas que me esperas!
Não me acenes com o futuro...

Eu sou das sortes severas,
Leonoreta, fin'roseta.
Ai, Leonoreta,
e só do sonho inseguro.

||

Do teu nome não sabia,
mas buscava tua face.
E, algum dia,
se de ti me aproximasse,
Leonoreta, fin'roseta,
"Leonoreta!" —
exclamaria.

Meus olhos, ricos de amor,
sofriam de indiferença.
De que estrela,
ou que mundo, ou que planeta,
Leonoreta,
é nascida a branca flor
em que, antes de a amar, se pensa,
mesmo sem precisar vê-la...?

Das varandas da alta lua,
recordo o estremecimento:
era a tua
voz que me trazia o vento.
Fin'roseta!
Esta, que apenas flutua,
mais leve que borboleta;
que, longe, nada insinua...
— esta é a voz de Leonoreta!

Podia morrer de pena.
E comecei a cantar-te.
Amor é arte.
Mas a vida é tão pequena,
bela sobre toda flor!
— tão pequena para amar-te...
E em toda parte
causa espanto o meu amor.

Se como te ouvi me ouviras,
mais feliz não me fizeras.
Sei que é tanto
meu amor que, noutras eras,
Leonoreta,
viverás por esse encanto.
Mas é tão de outras esferas,

fin'roseta,
que não se ama, por enquanto...

Nem de ti desejo nada
senão saber que exististe.
A adorada
ausência não me põe triste.
Nem te meta
en gran coita, Leonoreta,
se te vi mas não me viste:
que foste a mais derrotada...

Pois, se vi que me não queres,
tu não viste como te amo...
Leonoreta,
só terei do que me deres,
que, por mim, nada reclamo.
Meu amor é flor sem ramo,
fin'roseta!
Por alheia não me feres:
sei teu nome e não te chamo.

Leonoreta, que doçura,
andar por onde estiveste!
A mais pura
imagem do amor celeste,
Leonoreta,
é minha humana aventura.
Sem fogo que o lírio creste,
sem que o sangue comprometa
o sonho, pela criatura...

Ai, Leonoreta, quem eras,
Leonoreta, fin'roseta,
entre esfinges e quimeras,

branca sobre toda flor?
Teu semblante choraria
de alegria,
se te visses debuxada
pelo meu poder de amor.

Tu, que me não deste nada!
Que nem viste quem te via!

Leonoreta,
não te meta
en gran coita a minha dor:
se te amava, não sofria...

III

Leonoreta,
fin'roseta,
longe vai teu vulto amado.
Porém resiste ao meu lado
o espaço que ocuparias.

Leonoreta,
fin'roseta,
como poderei ser triste,
se a tua sombra resiste
e tu não resistirias?

Leonoreta,
fin'roseta,
não mais penso por onde andas...
Guardo por altas varandas
tua fala em meus ouvidos.

Leonoreta,
fin'roseta,
como os puros amadores,
eu vivo a bordar de flores
a sombra dos teus vestidos.

Leonoreta,
fin'roseta,
feliz da barca e da vela,
do vento que leva a bela
mão sobre saudosos mares...

Leonoreta,
fin'roseta,
não me vês, mas eu te vejo.
Não te quero nem desejo:
morrerei, se suspirares.

IV

Morrerei, se suspirares.
Pois, se és o meu grande bem,
se eu te vejo sobre os mares,
Leonoreta,
se mais ninguém
para mim valia tem,
fin'roseta,
sofrendo por te afastares,
bela sobre toda flor
(que todos os meus pesares
são por saudade do amor),
Leonoreta,
se também

por mim visse que sofrias,
quando tudo é tão de além...

Leonoreta,
não te meta
en gran coita a minha dor...

Não venhas por onde eu for,
que eu nunca fui por onde ias!
Não venhas, que és o meu bem,
ai!
outras são as companhias,
porém.

Leonoreta,
fin'roseta:
olha os sonhos singulares
que existem porque não vêm...

V

Pela celeste ampulheta,
flui-me a vida em cinza breve,
sem que eu saiba aonde me leve,
Leonoreta,
o enlevo — que foi tão raro,
o sonho — que era tão certo,
— o amor — que, apesar de claro,
nem foi visto, de encoberto.

Desconheço a quem remeta
a experiência a que me entrego:
todos querem amor cego,

Leonoreta,
e o meu é clarividente.
Amor cego, fiel, cativo,
todos querem. E eu, somente,
sei do isento e sem motivo...

Grave amor que não submeta
asas próprias nem alheias,
amor de límpidas veias,
Leonoreta,
onde o tempo é eternidade,
e alegrias e tristezas
são igual felicidade,
indelevelmente acesas.

Que meteoro, que cometa
conhece campo florente
em que prospere a semente,
Leonoreta,
deste amor que te proponho?
Amor que apenas contemplo,
em que sou meu próprio sonho,
flor de meu silêncio e exemplo?

VI

Leonoreta,
fin'roseta,
deixo meus olhos fechados
sobre os acontecimentos.

Não te meta
en gran coita o meu amor:

podem, por todos os lados,
duros, tenebrosos ventos
quebrar muitas tentativas.

Mas, para que eterna vivas,
que é preciso?
Que pensem meus pensamentos.

E entre polos inviolados,
entre equívocos momentos,
vem e volta a vida humana,
que se engana e desengana
em redor do Paraíso.

Branca sobre toda flor,
a Verônica levanto,
num transparente estandarte:
celebro por toda parte
a alegria de adorar-te
com o meu pranto.

VII

Pela celeste ampulheta,
cai a cinza dos meus dias.
Cai a cinza do meu corpo,
da minha alma, Leonoreta,
e o tempo é um límpido sopro
que liberta de alegrias
e de queixas...

Leonoreta,
fin'roseta,
alta estrela, a minha sorte!

Pela celeste ampulheta,
vai-se a luz da primavera...
A ventura que se aprende
nos adeuses, Leonoreta,
vale o que neles se perde...
Tudo quanto sou te espera,
e me deixas...

Leonoreta,
não te meta
en gran coita a minha dor.

Puro sonho, a minha morte,
pura morte, o meu amor.

Doze noturnos da Holanda

(1952)

Dois

Abraçava-me à noite nítida,
à alta, à vasta noite estrangeira,
e aos seus ouvidos sucessivos murmurava:
"Não quero mais dormir, nunca mais, noite, esparsas
nuvens de estrelas sobre as planícies detidas,
sobre os sinuosos canais, balouçantes e frios,
sobre os parques inermes, onde a bruma e as folhas ruivas
sentem chegar o outono e, reunidas, esperam
sua lei, sua sorte, como as pobres figuras humanas."

E aos seus ouvidos sucessivos murmurava:
"Não quero mais dormir, nunca mais, quero sempre
mais tempo para os meus olhos, — vida, areia, amor profundo... —
conchas de pensamentos sonhando-se desertamente."

E a noite dizia-me: "Vem comigo, pois, ao vento das dunas,
vem ver que lembranças esvoaçam na fronte quieta do sono,
e as pálpebras lisas, e a pálida face, e o lábio parado
e as livres mãos dos vagos corpos adormecidos!"
"Vem ver o silêncio que tece e destece ordens sobre-humanas,
e os nomes efêmeros de tudo que desce à franja do horizonte!
Oh! os nomes... — na espuma, na areia, no limite incerto dos
[mundos,
plácidos, frágeis, entregues à sua data breve,
irresponsáveis e meigos, boiando, boiando na sombra das almas,
suspiro da primavera na aresta súbita dos meses..."

E a linguagem da noite era velhíssima e exata.
E eu ia com ela pelas dunas, pelos horizontes,
entre moinhos e barcos, entre mil infinitos noturnos leitos.

Meus olhos andavam mais longe do que nunca,
voavam, nem fechados nem abertos,

independentes de mim,
sem peso algum, na escuridão,
e liam, liam, liam o que jamais esteve escrito,
na rasa solidão do tempo, e sem qualquer esperança,
— qualquer.

Três

A noite não é simplesmente um negrume sem margens nem
[direções.
Ela tem sua claridade, seus caminhos, suas escadas, seus
[andaimes.
A grande construção da noite sobe das submarinas planícies
aos longos céus estrelados
em trapézios, pontes, vertiginosos parapeitos,
para obscuras contemplações e expectativas.

Então, a noite levava-me... — por altas casas, por súbitas ruas,
e sob cortinas fechadas estavam cabeças adormecidas,
e sob luzes pálidas havia mãos em morte,
e havia corpos abraçados, e imensos desejos diversos,
dúvidas, paixões, despedidas,
— mas tudo desprendido e fluido,
suspenso entre objetos e circunstâncias,
com destrezas de arco-íris e aço.

E os jogadores de xadrez avançavam cavalos e torres,
na extremidade da noite, entre cemitérios e campos...
— mas tudo involuntário e tênue —
enquanto as flores se modelavam e, na mesma obediência,
os rebanhos formavam leite, lã,
eternamente leite, lã, mugido imenso...

Enquanto os caramujos rodavam no torno vagaroso das ondas
e a folha amarela se desprendia, terminada: ar, suspiro, solidão.

A noite levava-me, às vezes, voando pelos muros do nevoeiro,
outras vezes, boiando pelos frios canais, com seus calados
                                                      [barcos
ou pisando a frágil turfa ou o lodo amargo.

E belas vozes ainda acordadas iam cantando casualmente.
E jovens lábios arriscavam perguntas sobre dolorosos assuntos.
Também os cães passavam com sua sombra, lúcidos e
                                                      [pensativos.
E figuras sem realidade extraviadas de domicílios,
atravessadas pela noite, pela hora, pela sorte,
flutuavam com saudade, esperando impossíveis encontros,
em que países, meu Deus, em que países além da terra,
ou da imaginação?

A noite levava-me tão alto
que os desenhos do mundo se inutilizavam.
Regressavam as coisas à sua infância e ainda mais longe,
devolvidas a uma pureza total, a uma excelsa clarividência.

E tudo queria ser novamente. Não o que era, nem o que fora,
— o que devia ser, na ordem da vida imaculada.
E tudo talvez não pensasse: porém docemente sofria.

Abraçava-me à noite e pedia-lhe outros sinais, outras certezas:
a noite fala em mil linguagens, promiscuamente.

E passava-se pelo mar, em sua profunda sepultura.
E um grande pasmo de lágrimas preparava palavras e sonhos,
essas vastas nuvens que os homens buscam...

Seis

E a noite passava sobre palácios e torres.
Mas tudo era idêntico à planície,
pois a noite voa muito longe,
e as altitudes ficam esmaecidas.

Sim, a noite podia ser um barco imenso,
com um vago sentimento de tristeza
encrespando-lhe nos flancos silenciosa espuma exígua
e bordando-lhe a passagem de suspiros.

Porque tudo não era igual,
— ah! como se sentia que tudo jamais seria igual,
apesar da distância, da altura, do silêncio...
— porém tudo era equivalente,
equivalente e provisório:
espada, música, cifra, lágrima, pássaro nas dunas.

E ao mesmo tempo era belo,
e a uniforme, aparente fraternidade
inclinava tudo num unânime sono.

E as ideias desmanchavam-se em galerias obscuras,
porque a noite passava cada vez mais longe,
e tudo quanto ao sol toma relevo
na noite é mundo submerso, nevoento e generalizado.

E eu me sentia à proa da noite,
envolta naquele sopro melancólico,
eflúvio da humana reflexão.

E desejava mergulhar, descer por aquela torrente de sombra,
sentir os sonhos, ardentemente,
em cada casa, em cada quarto,
entre os cabelos esparsos nos largos travesseiros.

Mas o sonho é uma propriedade inefável:
e nem se poderia sentir a sua exalação,
como nas flores, ao menos, essa notícia, que é o perfume,
ou seu movimento,
como, às vezes, na pequena palavra que se confessa,
na pequena lágrima que, às vezes, cai.

Os sonhos não pertencem nem às cabeças adormecidas:
porque a noite os absorve, leva, anula,
ou continua, transfere, confunde,
— longe, alta, poderosa, inumana.

Sete

Tudo jaz, diluído e cintilante, numa profunda névoa.
Nada, porém, se perde ou esquece, embora tão finamente
disperso nessa grandeza.
Gastam-se as imagens e os símbolos; mas a essência resiste.
Realejos e sinos vibram, com as hélices, os cânticos e os gritos,
e tudo é som, naqueles silenciosos corredores,
e a doce luz habita mil esconderijos,
tal como foi em seus inúmeros momentos,
em olhos, flor, seda, chaga e pedra preciosa.
E em diáfanas balanças pairam diamante e pólen,
bibliotecas e arsenais.

Tudo se encontra nesta bruma:
o burburinho histórico, a vítima e o carrasco;
a melodia da sereia nórdica, à proa do barco da conquista;
plumas e arcabuzes,
o passo do fantasma por aéreas escadas,
praga e suspiro, acontecimento e remorso...

Tudo paira na estrutura da noite,
em seus arquivos superpostos.

Tão longe vai o rastro exíguo das gaivotas
como o odor das praias e o rumor grandioso das máquinas.
Rarefeita anatomia da paisagem,
onde cada elemento se faz translúcido,
frágil e rijo como a asa dos insetos e a flexão do pensamento.

Finíssimas pontes transpõem a noite:
desenhos agudos prendendo as disjunções.

E quem segura a noite, assim carregada desses escombros
que à luz do sol parecem grandiosos bens indispensáveis?

Homem, objeto, fato, sonho,
tudo é o mesmo, em substância de areia,
tudo são paredes de areia, como neste solo inventado:
mar vencido, fauna extenuada, flora dispersa,
tudo se corresponde:
zune o caramujo na onda com o mesmo som do lábio de amor
e da voz de agonia.
Os abraços, as nuvens, o outono pelo parque
têm o mesmo gesto, grave, precário, fluido.

Ah, e os louros cabelos cariciosos, e a luminosa pálpebra,
e as raízes pertinazes, e os ossos foscos,
e a minha deslumbrada vigília
e a memória do universo
tudo está ali, mais a luz confusa que envolve a lua,
mais o clarão do polo e as híbridas águas,
e tudo se desfolha sobre lugares invisíveis
num outro reino que apenas a noite alcança.

Oito

Quem tem coragem de perguntar, na noite imensa?
E que valem as árvores, as casas, a chuva, o pequeno transeunte?

Que vale o pensamento humano,
esforçado e vencido,
na turbulência das horas?

Que vale a conversa apenas murmurada,
a erma ternura, os delicados adeuses?

Que valem as pálpebras da tímida esperança,
orvalhadas de trêmulo sal?

O sangue e a lágrima são pequenos cristais sutis,
no profundo diagrama.
E o homem tão inutilmente pensante e pensado
só tem a tristeza para distingui-lo.

Porque havia nas úmidas paragens
animais adormecidos, com o mesmo mistério humano:
grandes como pórticos, suaves como veludo,
mas sem lembranças históricas,
sem compromissos de viver.

Grandes animais sem passado, sem antecedentes,
puros e límpidos,
apenas com o peso do trabalho em seus poderosos flancos
e noções de água e de primavera nas tranquilas narinas
e na seda longa das crinas desfraldadas.

Mas a noite desmanchava-se no oriente,
cheia de flores amarelas e vermelhas.
E os cavalos erguiam, entre mil sonhos vacilantes,
erguiam no ar a vigorosa cabeça,
e começavam a puxar as imensas rodas do dia.

Ah! o despertar dos animais no vasto campo!
Este sair do sono, este continuar da vida!
O caminho que vai das pastagens etéreas da noite,
ao claro dia da humana vassalagem!

Nove

Vi teus vestidos brilharem
sem qualquer clarão do dia.
Disseram ser luz de flores,
flores de campos extensos,
cujos nomes nem sabiam...

Vi teu rosto luminoso
inclinar-se em meu silêncio.
Mas disseram ser a lua,
prismas de estrelas, areias,
marinha fosforescência...

E tua voz me falava
em grandes raios profusos.
Mas diziam ser o vento,
o outono pelas ramagens,
o idioma cego dos búzios...

E andei contigo em minha alma
como os reis levam coroas
e as mães carregam seus filhos
e o mar o seu movimento
e a floresta seus aromas.

Diziam que era da noite,
da miragem dos desejos...

Hei de banhar os meus olhos
nas mil ribeiras da aurora,
para ver se ainda te vejo.

O
Aeronauta
(1952)

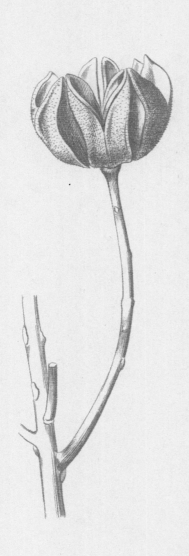

Um

Agora podeis tratar-me
como quiserdes:
não sou feliz nem sou triste,
humilde nem orgulhoso,
— não sou terrestre.

Agora sei que este corpo,
insuficiente, em que assiste
remota fala,
mui docemente se perde
nos ares, como o segredo
que a vida exala.

E seu destino é ir mais longe,
tão longe, enfim, como a exata
alma, por onde
se pode ser livre e isento,
sem atos além do sonho,
dono de nada,

mas sem desejo e sem medo,
e entre os acontecimentos
tão sossegado!
Agora podeis mirar-me
enquanto eu próprio me aguardo,
pois volto e chego,

por muito que surpreendido
com os seus encontros na terra
seja o Aeronauta.

Seis

Vede por onde passava
a minha sombra,
de tudo tão separada,
subida por uma escada
etérea e longa,
no céu desaparecida.

As coisas da minha vida
abandonara:
o que tivera não tinha,
nem fazia falta à minha
sorte mais nada,
nesse amorável deserto.

E agora desço e estou perto
e não entendo;
entre máscaras me vejo,
e, entre gritos de desejo,
saudoso penso
nos transparentes lugares

onde fui rastro dos ares,
sem roupa ou fome,
sem nação, família, idade,
imerso noutra verdade
tão pura que o homem
não a aceita sem tristeza...

Mas sento-me à vossa mesa,
pesada e presa,
por limite e densidade.

Oito

Ó linguagem de palavras
longas e desnecessárias!
Ó tempo lento
de malbaratado vento
nessas desordens amargas
do pensamento...

Vou-me pelas altas nuvens
onde os momentos se fundem
numa serena
ausência feliz e plena,
liso campo sem paludes
de febre ou pena.

Por adeuses, por suspiros,
no território dos mitos,
fica a memória
mirando a forma ilusória
dos precipícios
da humana e mortal história.

E agora podeis tratar-me
como quiserdes, — que é tarde,
que a minha vida,
de chegada e de partida,
volta ao rodízio dos ares,
sem despedida.

Por mais que seja querida,
há menos felicidade
na volta, do que na ida.

Dez

Ai daquele que é chegado
e que não chega...
Por mais que aqui me equilibre,
e vos faça companhia,
tudo são queixas
de que me sentis tão livre
como alguém cuja morada
é além do dia.

Provo do vosso alimento,
retomo as humanas vestes.
Já nem suspiro
por esses rumos celestes,
jardim do meu pensamento.
Quase não vivo,
por ficar ao vosso lado.
E acusais-me de ir tão alto!

Ai, que nomes têm as coisas!
Que nomes tendes?
São vossas fontes copiosas,
mas outras são minhas sedes.
E assim me vedes
como estranho que se esquece
dos seus parentes
e que em si desaparece.

Do que pedis que me lembre,
disso me esqueço.
Mas o que recordo sempre
é o vosso nome profundo.
Esse é que tenho

só, comigo, além do mundo
e reconheço.
E, esse, mal sabeis qual seja...

Onze

Com desprezo ou com ternura,
podereis tratar-me, agora.
Tudo vos digo:
chorais o que não se chora.
E os olhos guardais esquivos
ao que a vida mais procura,
por eterno compromisso.

Sob o vosso julgamento,
com o meu segredo
tão sem mistério,
tão no rosto desenhado,
paro como um condenado.
E logo volto.
Subo ao meu doce degredo.

Como exígua lançadeira,
vou sendo o que melhor posso
de novo e antigo,
do que é meu e do que é vosso,
dos mortos como dos vivos,
por salvar a vida inteira,
que me tem a seu serviço.

E agora podeis seguir-me,
sem mais tormento,
sem mais perguntas.

Tudo é tão longe e tão firme!
Além da estrela e do vento
passa o Aeronauta
com sua mitologia.

Não clameis por sua sorte!
Tanto é noite quanto é dia.
E vida e morte.

Romanceiro da Inconfidência
(1953)

Cenário

*Passei por essas plácidas colinas
e vi das nuvens, silencioso, o gado
pascer nas solidões esmeraldinas.*

*Largos rios de corpo sossegado
dormiam sobre a tarde, imensamente,
– e eram sonhos sem fim, de cada lado.*

*Entre nuvens, colinas e torrente,
uma angústia de amor estremecia
a deserta amplidão na minha frente.*

*Que vento, que cavalo, que bravia
saudade me arrastava a esse deserto,
me obrigava a adorar o que sofria?*

*Passei por entre as grotas negras, perto
dos arroios fanados, do cascalho
cujo ouro já foi todo descoberto.*

*As mesmas salas deram-me agasalho
onde a face brilhou de homens antigos,
iluminada por aflito orvalho.*

*De coração votado a iguais perigos,
vivendo as mesmas dores e esperanças,
a voz ouvi de amigos e inimigos.*

*Vencendo o tempo, fértil em mudanças,
conversei com doçura as mesmas fontes,
e vi serem comuns nossas lembranças.*

*Da brenha tenebrosa aos curvos montes,
do quebrado almocafre aos anjos de ouro
que o céu sustêm nos longos horizontes,*

*tudo me fala e entende do tesouro
arrancado a estas Minas enganosas,
com sangue sobre a espada, a cruz e o louro.*

*Tudo me fala e entendo: escuto as rosas
e os girassóis destes jardins, que um dia
foram terras e areias dolorosas,*

*por onde o passo da ambição rugia;
por onde se arrastava, esquartejado,
o mártir sem direito de agonia.*

*Escuto os alicerces que o passado
tingiu de incêndio: a voz dessas ruínas
de muros de ouro em fogo evaporado.*

*Altas capelas contam-me divinas
fábulas. Torres, santos e cruzeiros
apontam-me altitudes e neblinas.*

*Ó pontes sobre os córregos! ó vasta
desolação de ermas, estéreis serras
que o sol frequenta e a ventania gasta!*

*Rubras, cinéreas, tenebrosas terras
retalhadas, por grandes golpes duros,
de infatigáveis, seculares guerras...*

*Tudo me chama: a porta, a escada, os muros,
as lajes sobre mortos ainda vivos,
dos seus próprios assuntos inseguros.*

Assim viveram chefes e cativos,
um dia, neste campo, entrelaçados
na mesma dor, quiméricos e altivos.

E assim me acenam por todos os lados.
Porque a voz que tiveram ficou presa
na sentença dos homens e dos fados.

Cemitério das almas... – que tristeza
nutre as papoulas de tão vaga essência?
(Tudo é sombra de sombras, com certeza...

O mundo, vaga e inábil aparência,
que se perde nas lápides escritas,
sem qualquer consistência ou consequência.

Vão-se as datas e as letras eruditas
na pedra e na alma, sob etéreos ventos,
em lúcidas venturas e desditas.

E são todas as coisas uns momentos
de perdulária fantasmagoria,
– jogo de fugas e aparecimentos.)

Das grotas de ouro à extrema escadaria,
por asas de memória e de saudade,
com o pó do chão meu sonho confundia.

Armado pó que finge eternidade,
lavra imagens de santos e profetas
cuja voz silenciosa nos persuade.

E recompunha as coisas incompletas:
figuras inocentes, vis, atrozes,
vigários, coronéis, ministros, poetas.

*Retrocedem os tempos tão velozes
que ultramarinos árcades pastores
falam de Ninfas e Metamorfoses.*

*E percebo os suspiros dos amores
quando por esses prados florescentes
se ergueram duros punhos agressores.*

*Aqui tiniram ferros de correntes;
pisaram por ali tristes cavalos.
E enamorados olhos refulgentes*

*– parado o coração por escutá-los –
prantearam nesse pânico de auroras
densas de brumas e gementes galos.*

*Isabéis, Doroteias, Eliodoras,
ao longo desses vales, desses rios,
viram as suas mais douradas horas*

*em vasto furacão de desvarios
vacilar como em caules de altas velas
cálida luz de trêmulos pavios.*

*Minha sorte se inclina junto àquelas
vagas sombras da triste madrugada,
fluidos perfis de donas e donzelas.*

*Tudo em redor é tanta coisa e é nada:
Nise, Anarda, Marília... – quem procuro?
Quem responde a essa póstuma chamada?*

*Que mensageiro chega, humilde e obscuro?
Que cartas se abrem? Quem reza ou prageja?
Quem foge? Entre que sombras me aventuro?*

Que soube cada santo em cada igreja?
A memória é também pálida e morta
sobre a qual nosso amor saudoso adeja.

O passado não abre a sua porta
e não pode entender a nossa pena.
Mas, nos campos sem fim que o sonho corta,

vejo uma forma no ar subir serena:
vaga forma, do tempo desprendida.
É a mão do Alferes, que de longe acena.

Eloquência da simples despedida:
"Adeus! que trabalhar vou para todos!..."

(Esse adeus estremece a minha vida.)

Romance VII ou Do negro nas catas

Já se ouve cantar o negro,
mas inda vem longe o dia.
Será pela estrela-d'alva,
com seus raios de alegria?
Será por algum diamante
a arder, na aurora tão fria?

Já se ouve cantar o negro,
pela agreste imensidão.
Seus donos estão dormindo:
quem sabe o que sonharão!
Mas os feitores espiam,
de olhos pregados no chão.

Já se ouve cantar o negro.
Que saudade, pela serra!
Os corpos, naquelas águas,
— as almas, por longe terra.
Em cada vida de escravo,
que surda, perdida guerra!

Já se ouve cantar o negro.
Por onde se encontrarão
essas estrelas sem jaça
que livram da escravidão,
pedras que, melhor que os homens,
trazem luz no coração?

Já se ouve cantar o negro.
Chora neblina, a alvorada.
Pedra miúda não vale:
liberdade é pedra grada...
(A terra toda mexida,
a água toda revirada...

Deus do céu, como é possível
penar tanto e não ter nada!)

Romance XI ou Do punhal e da flor

Rezando estava a donzela,
rezando diante do altar.
E como a viam mirada
pelo Ouvidor Bacelar!
Foi pela Semana Santa.
E era sagrado, o lugar.

Muito se esquecem os homens,
quando se encantam de amor.
Mirava em sonho, a donzela,
o enamorado Ouvidor.
E em linguagem de amoroso
arremessou-lhe uma flor.

Caiu-lhe a rosa no colo.
Girou malícia pelo ar.
Vem, raivoso, Felisberto,
seu parente, protestar.
E era na Semana Santa.
E estavam diante do altar.

Mui formosa era a donzela.
E mui formosa era a flor.
Mas sempre vai desventura
onde formosura for.
Vede que punhal rebrilha
na mão do Contratador!

Sobe pela rua a tropa
que já se mandou chamar.
E era à saída da igreja,
depois do ofício acabar.
Vede a mão que há pouco esteve
contrita, diante do altar!

Num botão resvala o ferro:
e assim se salva o Ouvidor.
Todo o Tejuco murmura,
— uns por ódio, uns por amor.
Subir um punhal nos ares,
por ter descido uma flor!

Romance XII ou
De Nossa Senhora da Ajuda

Havia várias imagens
na capela do Pombal:
e portada de cortinas
e sanefa de damasco
e, no altar, o seu frontal.

São Francisco, Santo Antônio
olhavam para Jesus
que explicava, noite e dia,
com sua simples presença,
a aprendizagem da cruz.

Havia prato e galhetas,
panos roxos e missal;
e dois castiçais de estanho
e vozes puxando rezas,
na capela do Pombal.

(Pequenas imagens
de pouco valor,
os Santos, a Virgem
e Nosso Senhor.)

Aquilo que mais valia
na capela do Pombal
era a Senhora da Ajuda,
com seu cetro, com seu manto,
com seus olhos de cristal.

Sete crianças, na capela,
rezavam, cheias de fé,
à grande Santa formosa.

Eram três de cada lado,
os filhos do almotacé.

Suplicam as sete crianças
que a Santa as livre do mal.
Três meninas, três meninos...
E um grande silêncio reina
na capela do Pombal.

> *(Mas esse, do meio,*
> *tão sério, quem é?*
> *– Eu, Nossa Senhora,*
> *sou Joaquim José.)*

Ah! como ficam pequenos
os doces poderes seus!
Este é sem Anjo da Guarda,
sem estrela, sem madrinha...
Que o proteja a mão de Deus!

Diante deste solitário,
na capela do Pombal,
Nossa Senhora da Ajuda
é uma grande imagem triste,
longe do mundo mortal.

(Nossa Senhora da Ajuda,
entre os meninos que estão
rezando aqui na capela,
um vai ser levado à forca,
com baraço e com pregão!)

> *(Salvai-o, Senhora*
> *com o vosso poder,*
> *do triste destino*
> *que vai padecer!)*

(Pois vai ser levado à forca,
para morte natural,
esse que não estais ouvindo,
tão contrito, de mãos postas,
na capela do Pombal!)

Sete crianças se levantam.
Todas sete estão de pé,
fitando a Santa formosa,
de cetro, manto e coroa.
— No meio, Joaquim José.

(Agora são tempos de ouro.
Os de sangue vêm depois.
Vêm algemas, vêm sentenças,
vêm cordas e cadafalsos,
na era de noventa e dois.)

*(Lá vai um menino
entre seis irmãos.
Senhora da Ajuda,
pelo vosso nome,
estendei-lhe as mãos!)*

Romance XIII ou Do Contratador Fernandes

Eis que chega ao Serro Frio,
à terra dos diamantes,
o Conde de Valadares,
fidalgo de nome e sangue,
José Luís de Meneses
de Castelo Branco e Abranches.

Ordens traz do grão Ministro
de perseguir João Fernandes.
Tudo pela febre e o medo
do ouro — febre e medo que, antes,
deceparam no ar a estrela
dos contratadores Brantes.

Chega o Conde mui cansado.
Chega o Conde mui fingido.
(Ai, quem possuíra a riqueza
que borbulha no Distrito,
— sem descer do seu cavalo...
— sem meter os pés no rio...
Quem, do dia para a noite,
ficara podre de rico!)
Lá vem cavalgando o Conde,
com modo imponente e altivo.
Lá vem cobrindo o Tejuco
seu cobiçoso suspiro.

— Conde, por que estais tão triste?
Confessai-me a vossa pena.
(Assim fala João Fernandes,
dono da terra opulenta.)
Aqui tendes meu palácio,
os vinhos da minha mesa,
os meus espelhos dourados,
cama coberta de seda,
o aroma da minha quinta,
a minha capela acesa,
e, fora a Chica da Silva,
minhas mulatas e negras.

Poderoso e hospitaleiro,
assim João Fernandes fala.

Suspira o Conde enganoso.
Já vos digo o que pensava:

"Deste Tejuco não volto
sem ter metade das lavras,
metade das lavras de ouro,
mais outro tanto das catas;
sem meu cofre de diamantes,
todos estrelas sem jaça,
- que para os nobres do Reino
é que este povo trabalha!"

Continuava João Fernandes,
tratando-o em termos de amigo:
— Vinde ver minhas cascatas,
minhas conchas, meu navio!
Se o Burgalhau vos desgosta,
cortá-lo-ei deste caminho,
— pois damos ordens à terra,
mudamos o curso aos rios,
atravessamos as rochas,
saltamos sobre os abismos,
e, na vida que levamos,
só temos certo — o perigo.

Escutava o Conde, imóvel,
como quem traz seu segredo.
Bem sabe as ordens escritas
que existem, para prendê-lo,
caso resista ao convite
de ir prestar contas ao Reino.
Escutava o Conde infido,
calculando voz e jeito
com que comover Fernandes,
subjugando-o a seu desejo,

arrancando-lhe ouro e pedras
como qualquer bandoleiro.

De cotovelo na mesa,
e, grave, inclinando a face,
ao Contratador responde
o astucioso Valadares:
— Pelas provas que já tenho
da vossa honrosa amizade,
dir-vos-ei que muito sofro
a longura desta viagem.
Com as inconstâncias do tempo,
minha casa se debate:
que a Fortuna raramente
favorece os que mais valem!

Pensativo, João Fernandes,
dizem que assim lhe responde:
— A Fortuna é sempre cega,
e vária, a sorte dos homens.
Inda que aos da vossa raça
nem deslustre nem desonre
o Fado, com seus contrastes,
quero segurar-vos, Conde,
que em mim tendes um amigo,
entre os vossos servidores.
Alegrai, porém, os olhos,
que alegrareis tudo, ao longe.

— Vinde esquecer a tristeza
ao calor do meu teatro,
onde representam vivos
os dramas de Metastásio
glórias e vícios do mundo
em luminoso retrato.

Vinde espairecer os sonhos,
e distrair os cuidados.
Nas palavras dos poetas
reclinai vosso cansaço.
Estes sítios tornam doce
o coração mais amargo!

Mas em vão fala Fernandes
palavras de tanto acerto.
Sério permanece o Conde,
carregando o sobrecenho.
E quando, à mesa, mais tarde,
com Fernandes toma assento,
não se lhe ilumina o rosto
com o claro cristal aceso
dos finos vinhos copiosos.
Que desejo, que tormento
ensombra a luz de seus olhos
entre os dourados espelhos?

Mas, depois de fruta e doce,
mas, depois de doce e fruta,
colocam diante do Conde
uma terrina ampla e funda,
para que os dedos distraia
de saudades e de angústias...
Agora, o jovem fidalgo
descerra a máscara astuta:
entre suspiro e sorriso,
toma nas mãos e calcula
os folhelhos de ouro, e acalma
a fingida desventura.

(Ai, ouro negro das brenhas,
ai, ouro negro dos rios...

Por ti trabalham os pobres,
por ti padecem os ricos.
Por ti, mais por essas pedras
que, com seu límpido brilho,
mudam a face do mundo,
tornam os reis intranquilos!
Em largas mesas solenes,
vão redigindo os ministros
cartas, alvarás, decretos,
e fabricando delitos.)

Romance XIV ou Da Chica da Silva

*(Isso foi lá para os lados
do Tejuco, onde os diamantes
transbordavam do cascalho.)*

Que andor se atavia
naquela varanda?
É a Chica da Silva:
é a Chica-que-manda!

Cara cor da noite,
olhos cor de estrela.
Vem gente de longe
para conhecê-la.

*(Por baixo da cabeleira,
tinha a cabeça rapada
e até dizem que era feia.)*

Vestida de tisso,
de raso e de holanda,
— é a Chica da Silva:
é a Chica-que-manda!

Escravas, mordomos
seguem, como um rio,
a dona do dono
do Serro do Frio.

 (Doze negras em redor,
 – como as horas, nos relógios.
 Ela, no meio, era o sol!)

Um rio que, altiva,
dirige e comanda
a Chica da Silva,
a Chica-que-manda.

Esplendem as pedras
por todos os lados:
são flechas em selvas
de leões marchetados.

 (Diamantes eram, sem jaça,
 por mais que muitos quisessem
 dizer que eram pedras falsas.)

Mil luzeiros chispam,
à flexão mais branda
da Chica da Silva,
da Chica-que-manda!

E curvam-se, humildes,
fidalgos farfantes,

à luz dessa incrível
festa de diamantes.

    (Olhava para os reinóis
    e chamava-os "marotinhos"!
    Quem viu desprezo maior?)

Gira a noite, gira,
dourada ciranda
da Chica da Silva,
da Chica-que-manda!

E em tanque de assombro
veleja o navio
da dona do dono
do Serro do Frio.

    (Dez homens o tripulavam,
    para que a negra entendesse
    como andam barcos nas águas.)

Aonde o leva a brisa
sobre a vela panda?
— À Chica da Silva:
à Chica-que-manda.

À Vênus que afaga,
soberba e risonha,
as luzentes vagas
do Jequitinhonha.

    (À Rainha de Sabá,
    num vinhedo de diamantes
    poder-se-ia comparar.)

Nem Santa Ifigênia,
toda em festa acesa,
brilha mais que a negra
na sua riqueza.

Contemplai, branquinhas,
na sua varanda,
a Chica da Silva,
a Chica-que-manda!

*(Coisa igual nunca se viu.
Dom João Quinto, rei famoso,
não teve mulher assim!)*

Romance XXI ou Das ideias

A vastidão desses campos.
A alta muralha das serras.
As lavras inchadas de ouro.
Os diamantes entre as pedras.
Negros, índios e mulatos.
Almocafres e gamelas.

Os rios todos virados.
Toda revirada, a terra.
Capitães, governadores,
padres, intendentes, poetas.
Carros, liteiras douradas,
cavalos de crina aberta.
A água a transbordar das fontes.

Altares cheios de velas.
Cavalhadas. Luminárias.
Sinos. Procissões. Promessas.
Anjos e santos nascendo
em mãos de gangrena e lepra.
Finas músicas broslando
as alfaias das capelas.
Todos os sonhos barrocos
deslizando pelas pedras.
Pátios de seixos. Escadas.
Boticas. Pontes. Conversas.
Gente que chega e que passa.
E as ideias.

Amplas casas. Longos muros.
Vida de sombras inquietas.
Pelos cantos das alcovas,
histerias de donzelas.
Lamparinas, oratórios,
bálsamos, pílulas, rezas.
Orgulhosos sobrenomes.
Intricada parentela.
No batuque das mulatas,
a prosápia degenera:
pelas portas dos fidalgos,
na lã das noites secretas,
meninos recém-nascidos
como mendigos esperam.
Bastardias. Desavenças.
Emboscadas pela treva.
Sesmarias. Salteadores.
Emaranhadas invejas.
O clero. A nobreza. O povo.
E as ideias.

E as mobílias de cabiúna.
E as cortinas amarelas.
D. José. D. Maria.
Fogos. Mascaradas. Festas.
Nascimentos. Batizados.
Palavras que se interpretam
nos discursos, nas saúdes...
Visitas. Sermões de exéquias.
Os estudantes que partem.
Os doutores que regressam.
(Em redor das grandes luzes,
há sempre sombras perversas.
Sinistros corvos espreitam
pelas douradas janelas.)
E há mocidade! E há prestígio.
E as ideias.

As esposas preguiçosas
na rede embalando as sestas.
Negras de peitos robustos
que os claros meninos cevam.
Arapongas, papagaios,
passarinhos da floresta.
Essa lassidão do tempo
entre embaúbas, quaresmas,
cana, milho, bananeiras
e a brisa que o riacho encrespa.
Os rumores familiares
que a lenta vida atravessam:
elefantíases; partos;
sarna; torceduras; quedas;
sezões; picadas de cobras;
sarampos e erisipelas...
Candombeiros. Feiticeiros.
Unguentos. Emplastos. Ervas.

Senzalas. Tronco. Chibata.
Congos. Angolas. Benguelas.
Ó imenso tumulto humano!
E as ideias.

Banquetes. Gamão. Notícias.
Livros. Gazetas. Querelas.
Alvarás. Decretos. Cartas.
A Europa a ferver em guerras.
Portugal todo de luto:
triste Rainha o governa!
Ouro! Ouro! Pedem mais ouro!
E sugestões indiscretas:
tão longe o trono se encontra!
Quem no Brasil o tivera!
Ah, se D. José II
põe a coroa na testa!
Uns poucos de americanos,
por umas praias desertas,
já libertaram seu povo
da prepotente Inglaterra!
Washington. Jefferson. Franklin.
(Palpita a noite, repleta
de fantasmas, de presságios...)
E as ideias.

Doces invenções da Arcádia!
Delicada primavera:
pastoras, sonetos, liras,
— entre as ameaças austeras
de mais impostos e taxas
que uns protelam e outros negam.
Casamentos impossíveis.
Calúnias. Sátiras. Essa
paixão da mediocridade

que na sombra se exaspera.
E os versos de asas douradas,
que amor trazem e amor levam...
Anarda. Nise. Marília...
As verdades e as quimeras.
Outras leis, outras pessoas.
Novo mundo que começa.
Nova raça. Outro destino.
Plano de melhores eras.
E os inimigos atentos,
que, de olhos sinistros, velam.
E os aleives. E as denúncias.
E as ideias.

Romance XXIII ou Das exéquias do Príncipe

Já plangem todos os sinos,
pelo Príncipe, que é morto.
Como um filho de Rainha
pode assim morrer tão moço?
Dizem que foi de bexigas;
de veneno — dizem outros —
que lhe deram os ministros
para o não verem no trono.
Triste ano para a esperança,
este ano de 88!

Triste ano por estas Minas,
onde existem vários loucos
que do Príncipe esperavam
governo mais a seu gosto:
mações de França e Inglaterra,

libertinos sem decoro,
homens de ideias modernas,
coronéis, vigários doutos,
finos ministros e poetas
que fazem versos e roubos.

Já plangem todos os sinos!
Já repercutem os morros.
(Deus sabe por que se chora,
por que há vestidos de nojo!
O padre que lê Voltério
é que vem pregar ao povo!
Estas Minas enganosas
andam cheias de maus sonhos.
Já ninguém quer ser vassalo.
Todos se sentem seus donos!)

Correm avisos nos ares.
Há mistério, em cada encontro.
O Visconde, em seu palácio,
a fazer ouvidos moucos.
Quem sabe o que andam planeando,
pelas Minas, os mazombos?
A palavra Liberdade
vive na boca de todos:
quem não a proclama aos gritos,
murmura-a em tímido sopro.

Já plangem todos os sinos,
pelo Príncipe, que é morto.
Ó grande melancolia!
Ó profundíssimo assombro!
— Perdida a oportunidade
para qualquer alvoroço.
Lá se foi quem poderia

governar o tempo novo!
Lá se foi com seus poderes,
para mundo sem retorno.

Ai, terras de Vila Rica,
os tempos andam revoltos!
Neste levante das almas,
trabalham sábios e tolos.
Uns avançam com prudência,
outros partem, com denodo.
E alguns, de esguelha, calculam,
com finos olhares torvos:
da sorte dos companheiros
fazem seu negócio e jogo.

Já plangem todos os sinos!
Cobri-vos, montes, de roxo!
Calai, mulheres e crianças,
que o vosso é mal sem socorro!
Exéquias hoje rezadas
serão vossas, dentro em pouco.
Morto o Príncipe, já tudo
é loucura e desacordo...
(Perdeu-se a oportunidade,
neste ano de 88!)

Romance XXIV ou Da bandeira da Inconfidência

Através de grossas portas,
sentem-se luzes acesas,
— e há indagações minuciosas

dentro das casas fronteiras:
olhos colados aos vidros,
mulheres e homens à espreita,
caras disformes de insônia,
vigiando as ações alheias.
Pelas gretas das janelas,
pelas frestas das esteiras,
agudas setas atiram
a inveja e a maledicência.
Palavras conjeturadas
oscilam no ar de surpresas,
como peludas aranhas
na gosma das teias densas,
rápidas e envenenadas,
engenhosas, sorrateiras.

    Atrás de portas fechadas,
    à luz de velas acesas,
    brilham fardas e casacas,
    junto com batinas pretas.
    E há finas mãos pensativas,
    entre galões, sedas, rendas,
    e há grossas mãos vigorosas,
    de unhas fortes, duras veias,
    e há mãos de púlpito e altares,
    de Evangelhos, cruzes, bênçãos.
    Uns são reinóis, uns, mazombos;
    e pensam de mil maneiras;
    mas citam Vergílio e Horácio,
    e refletem, e argumentam,
    falam de minas e impostos,
    de lavras e de fazendas,
    de ministros e rainhas
    e das colônias inglesas.

Atrás de portas fechadas,
à luz de velas acesas,
uns sugerem, uns recusam,
uns ouvem, uns aconselham.
Se a derrama for lançada,
há levante, com certeza.
Corre-se por essas ruas?
Corta-se alguma cabeça?
Do cimo de alguma escada,
profere-se alguma arenga?
Que bandeira se desdobra?
Com que figura ou legenda?
Coisas da Maçonaria,
do Paganismo ou da Igreja?
A Santíssima Trindade?
Um gênio a quebrar algemas?

Atrás de portas fechadas,
à luz de velas acesas,
entre sigilo e espionagem,
acontece a Inconfidência.
E diz o Vigário ao Poeta:
"Escreva-me aquela letra
do versinho de Vergílio..."
E dá-lhe o papel e a pena.
E diz o Poeta ao Vigário,
com dramática prudência:
"Tenha meus dedos cortados,
antes que tal verso escrevam..."
LIBERDADE, AINDA QUE TARDE,
ouve-se em redor da mesa.
E a bandeira já está viva,
e sobe, na noite imensa.

E os seus tristes inventores
já são réus — pois se atreveram
a falar em Liberdade
(que ninguém sabe o que seja).

Através de grossas portas,
sentem-se luzes acesas,
— e há indagações minuciosas
dentro das casas fronteiras.
"Que estão fazendo, tão tarde?
Que escrevem, conversam, pensam?
Mostram livros proibidos?
Leem notícias nas Gazetas?
Terão recebido cartas
de potências estrangeiras?"
(Antiguidades de Nîmes
em Vila Rica suspensas!
Cavalo de La Fayette
saltando vastas fronteiras!
Ó vitórias, festas, flores
das lutas da Independência!
Liberdade — essa palavra
que o sonho humano alimenta:
que não há ninguém que explique,
e ninguém que não entenda!)

E a vizinhança não dorme:
murmura, imagina, inventa.
Não fica bandeira escrita,
mas fica escrita a sentença.

Romance XXVIII ou
Da denúncia de Joaquim Silvério

No Palácio da Cachoeira,
com pena bem aparada,
começa Joaquim Silvério
a redigir sua carta.
De boca já disse tudo
quanto soube e imaginava.

Ai, que o traiçoeiro invejoso
junta às ambições a astúcia.
Vede a pena como enrola
arabescos de volúpia,
entre as palavras sinistras
desta carta de denúncia!

Que letras extravagantes,
com falsos intuitos de arte!
Tortos ganchos de malícia,
grandes borrões de vaidade.
Quando a aranha estende a teia,
não se encontra asa que escape.

Vede como está contente,
pelos horrores escritos,
esse impostor caloteiro
que em tremendos labirintos
prende os homens indefesos
e beija os pés aos ministros!

As terras de que era dono
valiam mais que um ducado.

Com presentes e lisonjas,
arrematava contratos.
E delatar um levante
pode dar lucro bem alto!

Como pavões presunçosos,
suas letras se perfilam.
Cada recurvo penacho
é um erro de ortografia.
Pena que assim se retorce
deixa a verdade torcida.

(No grande espelho do tempo,
cada vida se retrata:
os heróis, em seus degredos
ou mortos em plena praça;
— os delatores, cobrando
o preço das suas cartas...)

Romance XXXI ou De mais tropeiros

Por aqui passava um homem
— e como o povo se ria! —
que reformava este mundo
de cima da montaria.

Tinha um machinho rosilho.
Tinha um machinho castanho.
Dizia: "Não se conhece
país tamanho!"

"Do Caeté a Vila Rica,
tudo ouro e cobre!
O que é nosso, vão levando...
E o povo aqui sempre pobre!"

Por aqui passava um homem
— e como o povo se ria! —
que não passava de Alferes
de cavalaria!

"Quando eu voltar — afirmava —
outro haverá que comande.
Tudo isto vai levar volta,
e eu serei grande!"

"Faremos a mesma coisa
que fez a América Inglesa!"
E bradava: "Há de ser nossa
tanta riqueza!"

Por aqui passava um homem
— e como o povo se ria! —
"Liberdade ainda que tarde"
nos prometia.

E cavalgava o machinho.
E a marcha era tão segura
que uns diziam: "Que coragem!"
E outros: "Que loucura!"

Lá se foi por esses montes,
o homem de olhos espantados,
a derramar esperanças
por todos os lados.

Por aqui passava um homem...
— e como o povo se ria! —
Ele, na frente, falava,
e, atrás, a sorte corria...

Dizem que agora foi preso,
não se sabe onde.
(Por umas cartas entregues
ao Vice-Rei e ao Visconde.)

Pois parecia loucura,
mas era mesmo verdade.
Quem pode ser verdadeiro,
sem que desagrade?

Por aqui passava um homem...
— e como o povo se ria! —
No entanto, à sua passagem,
tudo era como alegria.

Mas ninguém mais se está rindo,
pois talvez ainda aconteça
que ele por aqui não volte,
ou que volte sem cabeça...

(Pobre daquele que sonha
fazer bem — grande ousadia —
quando não passa de Alferes
de cavalaria!)

Por aqui passava um homem...
— e o povo todo se ria.

Romance XXXIII ou Do cigano que viu chegar o Alferes

Não vale muito, o rosilho:
mas o homem que vem montado,
embora venha sorrindo,
traz sinal de desgraçado.
Parece vir perseguido,
sem que se veja soldado;
deixou marcas no caminho
como de homem algemado.
Fala e pensa como um vivo,
mas deve estar condenado.
Tem qualquer coisa no juízo,
mas sem ser um desvairado.

A estrela do seu destino
leva o desenho estropiado:
metade com grande brilho,
a outra, de brilho nublado;
quanto mais fica um, sombrio,
mais se ilumina o outro lado.

Duvido muito, duvido
que se deslinde o seu fado.
Vejo que vai ser ferido
e vai ser glorificado:
ao mesmo tempo, sozinho,
e de multidões cercado;
correndo grande perigo,
e de repente elevado:
ou sobre um astro divino
ou num poste de enforcado.

Vem montado no rosilho.
No rosilho vem montado.
Mas, atrás dele, o inimigo
cavalga em sombra, calado.
Vejo, no alto, o fel e o espinho
e a mão do Crucificado.

Ah! cavaleiro perdido,
sem ter culpa nem pecado...
— Pobre de quem teve um filho
pela sorte assinalado!
Vem galopando e sorrindo,
como quem traz um recado.
Não que o traga por escrito:
mas dentro em si: — consumado.

Romance XXXIV ou De Joaquim Silvério

Melhor negócio que Judas
fazes tu, Joaquim Silvério:
que ele traiu Jesus Cristo,
tu trais um simples Alferes.
Recebeu trinta dinheiros...
— e tu muitas coisas pedes:
pensão para toda a vida,
perdão para quanto deves,
comenda para o pescoço,
honras, glórias, privilégios.
E andas tão bem na cobrança
que quase tudo recebes!

Melhor negócio que Judas
fazes tu, Joaquim Silvério!
Pois ele encontra remorso,
coisa que não te acomete.
Ele topa uma figueira,
tu calmamente envelheces,
orgulhoso e impenitente,
com teus sombrios mistérios.
(Pelos caminhos do mundo,
nenhum destino se perde:
há os grandes sonhos dos homens,
e a surda força dos vermes.)

Romance XXXVIII ou Do Embuçado

Homem ou mulher? Quem soube?
Tinha o chapéu desabado.
A capa embrulhava-o todo:
era o Embuçado.

Fidalgo? Escravo? Quem era?
De quem trazia o recado?
Foi no quintal? Foi no muro?
Mas de que lado?

Passou por aquela ponte?
Entrou naquele sobrado?
Vinha de perto ou de longe?
Era o Embuçado.

Trazia chaves pendentes?
Bateu com o punho apressado?
Viu a dona com o menino?
Ficou calado?

A casa não era aquela?
Notou que estava enganado?
Ficou chorando o menino?
Era o Embuçado.

"Fugi, fugi, que vem tropa,
que sereis preso e enforcado..."
Isso foi tudo o que disse
o mascarado?

Subiu por aquele morro?
Entrou naquele valado?
Desapareceu na fonte?
Era o Embuçado.

Homem ou mulher? Quem soube?
Veio por si? Foi mandado?
A que horas foi? De que noite?
Visto ou sonhado?

Era a Morte, que corria?
Era o Amor, com seu cuidado?
Era o Amigo? Era o Inimigo?
Era o Embuçado.

Romance XLV ou
Do padre Rolim

De Vila Rica ao Tejuco,
lá vai carta, lá vem carta.
Prendem o padre ou não prendem?
Dificílima caçada!
Uns dizem que já vai longe,
pelo alto da serra brava;
outros, que só sai de noite,
fugido, de casa em casa.

Se perguntam por que o prendem,
todos dão resposta vaga:
por ter arrombado a mesa
de um juiz, em certa devassa;
por extravio de pedras;
por causa de uma mulata;
por causa de uma donzela;
por uma mulher casada.

De Vila Rica ao Tejuco,
parte carta, volta carta...
— Algumas, não chegam nunca;
nenhuma é bastante clara...

Soldados surdos e cegos,
enfim, cercaram-lhe a casa.
Pulando cercas e muros,
já bem longe o padre andava.
Nos seus colchões remexidos,
não se pôde encontrar nada,
que escondera as coisas todas
— em que mesa? armário? caixa?

teto? parede? alicerce?
com que amigo? com que amada?

De Vila Rica ao Tejuco,
sobe carta, desce carta.
(O padre na sua choça,
construída dentro da mata,
deixando passar o tempo,
deixando crescer a barba,
separado deste mundo
pela taipa de taquara!)

Não há rancho que proteja,
quando é tempo de desgraça.
Ao que mais foge da sorte,
sempre algum soldado o agarra:
lá vai pela estrada afora,
lá vai, pela íngreme estrada,
o padre Rolim, que sempre
tivera vida bizarra.

Sete pecados consigo
sorridente carregava.
Se setenta e sete houvera,
do mesmo modo os levara.
Por escândalos de amores,
sacerdote se ordenara.
Só Deus sabia os limites
entre seu corpo e sua alma!

Era um padre de aventuras
que, tendo ou não tendo barba,
conforme o que houvesse em frente,
mudava sempre de cara.
Padre de maçonaria,

que sonhava e conspirava,
cuja história fabulosa
corria cada comarca...

Padre amável e guloso
que ao louro poeta Gonzaga
mandava caixas do Serro
com docinho de mangaba...

Romance XLVI ou Do caixeiro Vicente

A mim, o que mais me doera,
se eu fora o tal Tiradentes,
era o sentir-me mordido
por esse em quem pôs os dentes.
Mal-empregado trabalho,
na boca dos maldizentes!

Assim se forjam palavras,
assim se engendram culpados;
assim se traça o roteiro
de exilados e enforcados:
a língua a bater nos dentes...
Grandes medos mastigados...

O medo nos incisivos,
nos caninos, nos molares;
o medo a tremer nos queixos,
a descer aos calcanhares;
o medo a abalar a terra,
o medo a toldar os ares;

o medo a entregar amigos
à sanha dos potentados;
a fazer das testemunhas
algozes dos acusados;
a comprar os ouvidores,
os escrivães e os soldados...

Vicente Vieira da Mota,
muitos são teus descendentes!
Tu, com o rico patrão salvo,
acusas o Tiradentes.
Mordem a carne do fraco
teus rijos, certeiros dentes!

Dentes de marfim talhado,
que tão bem-feitos fazia,
dentes de víbora foram,
pela tua covardia.
Que poderosa peçonha
por dentro deles subia!

Entre os dentes o tomaste,
como animal carniceiro,
nome e fama lhe mordeste,
— tu, cúmplice e companheiro,
sabendo que não se salva
quem não dispõe de dinheiro!

E os dentes com que o ferias
eram, afinal, os dentes
que na boca te puseram
as suas mãos diligentes.
(Isso é o que a mim mais me doera
se eu fora o tal Tiradentes!)

Romance XLVII ou Dos sequestros

As ordens já são mandadas,
já se apressam os meirinhos.
Entram por salas e alcovas,
relatam roupas e livros:
tantas casacas de seda,
e tantos lençóis de linho;
tantos calções, tantas véstias
com bordados de ouro fino;
tantas fronhas de babados
e voltas de pescocinho...
Tantos volumes de Horácio,
de Júlio César, de Ovídio...
Compêndios e dicionários,
e tratados eruditos
sobre povos, sobre reinos,
sobre invenções e Concílios...
E as sugestões perigosas
de França e Estados Unidos.
Mably, Voltaire e outros tantos,
que são todos libertinos...

As ordens já são mandadas,
já se apressam os meirinhos.
Retiram das prateleiras
porcelana, prata, vidro;
puxam gavetas de mesas,
remexem nos escaninhos;
arregalam grandes olhos
sobre vastos manuscritos.

Não ficam lençóis nas camas,
tudo é visto e revolvido.
Nas caixas de mantimentos,
contam cada grão de milho;
arrolam bules sem asa,
sem asa, tampa nem bico!
Tantos mapas, tantos quadros
com seus vidros e caixilhos...
Tantas facas, tantos garfos,
tantas meias, tantos cintos...

As ordens já são mandadas...
Já se apressam os meirinhos.
Pobres figuras odiosas,
curvadas a um vil serviço,
com suas penas rombudas
que estendem grossos rabiscos,
horas e horas dedicados
ao monótono exercício
de executar os sequestros,
por duro dever de ofício.
Versos, ideias, estudos
são palavras sem sentido.

Pobres coisas desamadas
— lembranças, presentes, mimos...
O que foi gala e beleza
tomba no rol, sem prestígio...
Qual será maior desgraça:
a dos réus, com seu prejuízo,
ou a dos trastes sem dono
em morto papel perdidos?

Fala aos pusilânimes

Se vós não fôsseis os pusilânimes,
recordaríeis os grandes sonhos
que fizestes por esses campos,
longos e claros como reinos;
contaríeis vossas conversas
nos lentos caminhos floreados,
por onde os cavalos, felizes
com o ar límpido e a lúcida água,
sacudiam as crinas livres
e dilatavam a narina,
sorvendo a úmida madrugada!

Se vós não fôsseis os pusilânimes,
revelaríeis a ânsia acordada
à vista dos córregos de ouro,
entre furnas e galerias,
sob o grito de aves esplêndidas,
com a terra palpitante de índios,
e a vasta algazarra dos negros
a chilrear entre o sol e as pedras,
na fina aresta do cascalho.
Também pela vossa narina
houve alento de liberdade!

Se vós não fôsseis os pusilânimes,
confessaríeis essas palavras
murmuradas pelas varandas,
quando a bruma embaciava os montes
e o gado, de bruços, fitava
a tarde envolta em surdos ecos.
Essas palavras de esperança
que a mesa e as cadeiras ouviram,

repetidas na ceia rústica,
misturadas à móvel chama
das candeias que suspendíeis,
desejando uma luz mais vasta.

Se vós não fôsseis os pusilânimes,
hoje em voz alta repetiríeis
rezas que fizestes de joelhos,
– súplicas diante de oratórios,
e promessas diante de altares,
suspiros com asas de incenso
que subiam por entre os anjos
entrelaçados nas colunas.
Aos olhos dos santos pasmados,
para sempre jazem abertos
vossos corações, – negros livros.

Mas ai! fechastes vossas janelas,
e os escaninhos de móveis e almas...

Escrevestes cartas anônimas,
apontastes vossos amigos,
irmãos, compadres, pais e filhos...
Queimastes papéis, enterrastes
o ouro sonegado, fugistes
para longe, com falsos nomes,
e a vossa glória, nesta vida,
foi só morrerdes escondidos,
podres de pavor e remorsos!

Vistes caídos os que matastes,
em vis masmorras, forcas, degredos,
indicados por vosso punho,
por vossa língua peçonhenta,

por vossa letra delatora...
– só por serdes os pusilânimes,
os da pusilânime estirpe,
que atravessa a história do mundo
em todas as datas e raças,
como veia de sangue impuro
queimando as puras primaveras,
enfraquecendo o sonho humano
quando as auroras desabrocham!

Mas homens novos, multiplicados
de hereditárias, mudas revoltas,
bradam a todas as potências
contra os vossos míseros ossos,
para que fiqueis sempre estéreis,
afundados no mar de chumbo
da pavorosa inexistência.
E vós mesmos o quereríeis,
ó inevitáveis criminosos,
para que, odiados ou malditos,
pudésseis ter esquecimento...

Chega, porém, do profundo tempo,
uma infinita voz de desgosto,
e com o asco da decadência,
entre o que seríeis e fostes,
murmura imensa: "Os pusilânimes!"
"Os pusilânimes!" repete
o breve passante do mundo,
quando conhece a vossa história!

Em céus eternos palpita o luto
por tudo quanto desperdiçastes...
"Os pusilânimes!" – suspira

Deus. E vós, no fundo da morte,
sabeis que sois – os pusilânimes.
E fogo nenhum vos extingue,
para sempre vos recordardes!

Ó vós, que não sabeis do Inferno,
olhai, vinde vê-lo, o seu nome
é só – PUSILANIMIDADE.

Romance XLIX ou
De Cláudio Manuel da Costa

"Que fugisse, que fugisse...
— bem lhe dissera o embuçado! —
que não tardava a ser preso,
que já estava condenado,
que, os papéis, queimasse-os todos..."
Vede agora o resultado:
mais do que preso, está morto,
numa estante reclinado,
e com o pescoço metido
num nó de atilho encarnado.

— Isso é o que conta o vizinho
que ouviu falar o soldado.
Mas do corpo ninguém sabe:
anda escondido ou enterrado?
Dizem que o viram ferido,
ferido, e não sufocado:
de borco em poça de sangue,
por um punhal traspassado.

— Dizem que não foi atilho
nem punhal atravessado,
mas veneno que lhe deram,
na comida misturado.
E que chegaram doutores,
e deixaram declarado
que o morto não se matara,
mas que fora assassinado.

E que o Visconde dissera:
"Dai-me outro certificado,
que aquele ficou perdido,
por um tinteiro entornado!"
E quem vai saber agora
o que se terá passado?

    — Talvez o morto fosse outro,
em seu lugar colocado.
A sombra da noite escura
encobre muito pecado.
Talvez pelo subterrâneo
fosse ao Palácio levado...
Era homem de muitas luzes,
pelo povo respeitado;
Secretário do Governo,
que vivia em grande estado:
casa de trinta aposentos,
muito dinheiro emprestado,
e do velho João Fernandes,
dono do Serro, afilhado!

— Não creio que fosse morto
por um atilho encarnado,
nem por veneno trazido,
nem por punhal enterrado.

Nem creio que houvesse dito
o que lhe fora imputado.
Sempre há um malvado que escreva
o que dite outro malvado,
e por baixo ponha o nome
que se quer ver acusado...

Entre esta porta e esta ponte,
fica o mistério parado.
Aqui, Glauceste Satúrnio,
morto, ou vivo disfarçado,
deixou de existir no mundo,
em fábula arrebatado,
como árcade ultramarino
em mil amores enleado.

Romance LIII ou Das palavras aéreas

Ai, palavras, ai, palavras,
que estranha potência, a vossa!
Ai, palavras, ai, palavras,
sois de vento, ides no vento,
no vento que não retorna,
e, em tão rápida existência,
tudo se forma e transforma!

Sois de vento, ides no vento,
e quedais, com sorte nova!

Ai, palavras, ai, palavras,
que estranha potência, a vossa!
Todo o sentido da vida

principia à vossa porta;
o mel do amor cristaliza
seu perfume em vossa rosa;
sois o sonho e sois a audácia,
calúnia, fúria, derrota...

A liberdade das almas,
ai! com letras se elabora...
E dos venenos humanos
sois a mais fina retorta:
frágil, frágil como o vidro
e mais que o aço poderosa!
Reis, impérios, povos, tempos,
pelo vosso impulso rodam...

Detrás de grossas paredes,
de leve, quem vos desfolha?
Pareceis de tênue seda,
sem peso de ação nem de hora...
— e estais no bico das penas,
— e estais na tinta que as molha,
— e estais nas mãos dos juízes,
— e sois o ferro que arrocha,
— e sois barco para o exílio,
— e sois Moçambique e Angola!

Ai, palavras, ai, palavras,
íeis pela estrada afora,
erguendo asas muito incertas,
entre verdade e galhofa,
desejos do tempo inquieto,
promessas que o mundo sopra...

Ai, palavras, ai, palavras,
mirai-vos: que sois, agora?

— Acusações, sentinelas,
bacamarte, algema, escolta;
— o olho ardente da perfídia,
a velar, na noite morta;
— a umidade dos presídios,
— a solidão pavorosa;
— duro ferro de perguntas,
com sangue em cada resposta;
— e a sentença que caminha,
— e a esperança que não volta,
— e o coração que vacila,
— e o castigo que galopa...

Ai, palavras, ai, palavras,
que estranha potência, a vossa!
Perdão podíeis ter sido!
— sois madeira que se corta,
— sois vinte degraus de escada,
— sois um pedaço de corda...
— sois povo pelas janelas,
cortejo, bandeiras, tropa...

Ai, palavras, ai, palavras,
que estranha potência, a vossa!
Éreis um sopro na aragem...
— sois um homem que se enforca!

Romance LVI ou Da arrematação dos bens do Alferes

Arrematai o machinho
castanho rosilho! Custa
10 mil-réis: o que o algebrista

lhe pôs na avaliação.
Ai! corta rios e espinhos,
e já nada mais o assusta:
Só ele sabe o que leva
na sua imaginação.

Arrematai as esporas,
com seu jogo de fivelas!
Pesam 39 oitavas
e uma pequena fração.
E ireis pelo mundo afora
aprumado em qualquer sela,
propalando a sanha brava
dessa história de traição.

Arrematai as navalhas
e a tabaqueira de chifre!
Neste corredor de trevas,
nossos passos aonde irão?
Feliz aquele que leve
um ponteiro que o decifre!
Arrematai-o! — Não falha,
este relógio marcão.

Arrematai, juntamente,
esta bolsinha dos ferros:
por menos de 3 cruzados,
ficareis tendo a ilusão
de, por entre escuma e berro,
arrancar os duros dentes
a qualquer monstro execrando
ou peçonhento dragão!

Arrematai, sobretudo,
este pobre canivete.

São 30 réis, 30, apenas...
E com que satisfação
aparareis vossa pena!
Quem sabe em que papéis mudos
ela, a correr, interprete
esta vã conspiração.

E este espelho, surpreendido
por não sentir mais a cara
de entusiasmo, dor e espanto
daquele homem de paixão?
Arrematai-o! Um gemido,
que antes nunca se escutara,
e turvas gotas de pranto
em sua lâmina estão.

Arrematai a fivela
da volta do pescocinho,
que para sempre recorda
definitiva aflição!
Pois estão marcados nela
o sítio certo e o caminho
por onde cutelo e cordas
cumprem sua obrigação.

Arrematai essas horas
guardadas pelos ponteiros,
arrancadas ao seu dono,
rogando consumação!
Interrogai-as, agora
que os reis tremem nos seus tronos,
e os antigos prisioneiros
de cinza e de glória são.

Romance LX ou
Do caminho da forca

Os militares, o clero,
os meirinhos, os fidalgos
que o conheciam das ruas,
das igrejas e do teatro,
das lojas dos mercadores
e até da sala do Paço;
e as donas mais as donzelas
que nunca o tinham mirado,
os meninos e os ciganos,
as mulatas e os escravos,
os cirurgiões e algebristas,
leprosos e encarangados,
e aqueles que foram doentes
e que ele havia curado
— agora estão vendo ao longe,
de longe escutando o passo
do Alferes que vai à forca,
levando ao peito o baraço,
levando no pensamento
caras, palavras e fatos:
as promessas, as mentiras,
línguas vis, amigos falsos,
coronéis, contrabandistas,
ermitões e potentados,
estalagens, vozes, sombras,
adeuses, rios, cavalos...

Ao longo dos campos verdes,
tropeiros tocando o gado...
O vento e as nuvens correndo
por cima dos montes claros.

Onde estão os poderosos?
Eram todos eles fracos?
Onde estão os protetores?
Seriam todos ingratos?
Mesquinhas almas, mesquinhas,
dos chamados leais vassalos!

Tudo leva nos seus olhos,
nos seus olhos espantados,
o Alferes que vai passando
para o imenso cadafalso,
onde morrerá sozinho
por todos os condenados.

Ah, solidão do destino!
Ah, solidão do Calvário...
Tocam sinos: Santo Antônio?
Nossa Senhora do Parto?
Nossa Senhora da Ajuda?
Nossa Senhora do Carmo?
Frades e monjas rezando.
Todos os santos calados.

(Caminha a Bandeira
da Misericórdia.
Caminha, piedosa.
Caísse o réu vivo,
rebentasse a corda,
que o protegeria
a Santa Bandeira
da Misericórdia!)

Dona Maria I,
aqueles que foram salvos
não vos livram do remorso

deste que não foi perdoado...
(Pobre Rainha colhida
pelas intrigas do Paço,
pobre Rainha demente,
com os olhos em sobressalto,
a gemer: "Inferno... Inferno..."
com seus lábios sem pecado.)

*Tudo leva na memória
o Alferes, que sabe o amargo
fim do seu precário corpo
diante do povo assombrado.*

(Águas, montanhas, florestas,
negros nas minas exaustos...
— Bem podíeis ser, caminhos,
de diamante ladrilhados...)
Tudo leva na memória:
em campos longos e vagos,
tristes mulheres que ocultam
seus filhos desamparados...
Longe, longe, longe, longe,
no mais profundo passado...
— pois agora é quase um morto,
que caminha sem cansaço,
que por seu pé sobe à forca,
diante daquele aparato...

*Pois agora é quase um morto,
partido em quatro pedaços,
e - para que Deus o aviste -
levantado em postes altos.*

(Caminha a Bandeira
da Misericórdia.

*Caminha, piedosa,
nos ares erguida,
mais alta que a tropa.
Da forca se avista
a Santa Bandeira
da Misericórdia.)*

Romance LXI ou Dos Domingos do Alferes

Quando sua mãe sonhava,
como uma simples menina,
já falava nesse nome
DOMINGOS.
Domingos Xavier Fernandes,
que era o nome de seu pai.

Quando a menina dizia,
agora, já mulher feita,
DOMINGOS,
— era Domingos da Silva
dos Santos. Outro Domingos.
Domingos com quem casou.

E quando, depois, sorria,
estudando para mãe,
DOMINGOS,
Domingos, — ia dizendo.
E assim ao primeiro filho
Domingos chamou, também.

Esse nome de Domingos
por toda parte o seguira.
DOMINGOS:
na infância ao longe deixada,
na adolescência perdida,
em todo tempo e lugar...

— Ah, Domingos de Abreu Vieira,
quem batizará meu filho?
DOMINGOS,
meu amigo poderoso,
as coisas vão levar volta,
quem sabe o que vou passar?

Domingos sobre domingos
nas folhas dos calendários:
Domingos
— para a carta de Silvério,
para a subida à Cachoeira,
para a denúncia vocal...

Ai! de domingo em domingo,
chega ao caminho do Rio.
DOMINGOS!
Encontra Domingos Pires:
"Leva pólvora, Domingos,
que a venderás muito bem!"

Domingos conta a Domingos...
(É nome predestinado!)
DOMINGOS!
Já se desenrola a história...
Já vem da Vila à Cidade,
do Visconde ao Vice-Rei...

E, como vê sentinelas
sobre os seus passos rodarem,
DOMINGOS!
Sobe por aquela escada,
envolto na noite escura
como um criminoso vil.

E era a casa de Domingos,
na Rua dos Latoeiros:
DOMINGOS!
Entre as imagens de prata,
banquetas e crucifixos,
Domingos Fernandes Cruz.

> *Era a casa de Domingos...*
> *e era em dia de domingo...*
> *DOMINGOS!*
> *- último dia de sonho,*
> *que, agora, os domingos todos*
> *são domingos de prisão.*

Certa manhã tenebrosa,
no campo de São Domingos,
DOMINGOS!
(Sempre o nome de Domingos)
lhe apontaram a alta forca
de vinte e cinco degraus.

E num dia de domingo
seus quartos foram salgados.
DOMINGOS!
— despachados para os sítios
onde alguém o tinha ouvido
falar de conspiração...

*Lá vai cortado em pedaços,
lá vai pela serra acima...
DOMINGOS!
Domingos Rodrigues Neves,
com os oficiais de justiça,
tranquilamente o conduz.*

Romance LXVI ou De outros maldizentes

A nau que leva ao degredo
apenas do porto larga,
já põem a pregão os trastes
que os desterrados deixaram.

   – Que fica daquele poeta
Tomás Antônio Gonzaga?

   – Somente este par de esporas:
um par de esporas de prata.
Por mais que se apure o peso,
não chega a quarenta oitavas!

(Nem terçados nem tesouras,
canivetes ou navalhas;
nada do ferro que corta,
nada do ferro que mata:
só as esporas que ensinam
o cavalo a abrir as asas...
Espelho? – para que rosto?
Relógio? – para que data?)

— Que fica, na fortaleza,
daquele poeta Gonzaga?

— Um par de esporas, somente.
Um par de esporas de prata.
E Vossa Mercê repare
que outras há, mais bem lavradas!

— Pelos modos, me parece
que lhe hão de fazer bem falta!
Dizem que tinha um cavalo
que Pégaso se chamava.
Não pisava neste mundo,
mas nos planaltos da Arcádia!

— Agora, agora veremos
como do cavalo salta!

— Entre pastores vivia,
à sombra da sua amada.
Ele dizia: "Marília!"
Ela: "Dirceu" balbuciava...

— Já se ouviu mais tola história?

— Já se viu gente mais parva?

— Hoje não é mais nem sombra
dos amores que sonhava...
Anda longe, a pastorinha...
e agora já não se casa!

— Tanto amor, tanto desejo...
Desfez-se o fumo da fábula,
que isso de amores de poetas
são tudo aéreas palavras...

– Foi-se a monção da ventura,
   chega o barco da desgraça.
   Que deixa na fortaleza?
   Um par de esporas de prata!

(Ai, línguas de maldizentes,
nos quatro cantos das praças!
Se mais deixasse, diriam
que eram roubos que deixava.
Ai, línguas, que sem fadiga
arquitetais coisas falsas!)

   – Tanta seda que vestira!

   – Tanto verso que cantara!

   – Maior que César se via...

   – Mais que Alexandre, pensava...

   – Escorregou-se-lhe a sela...

   – Restam-lhe cavalos d'água!

   – Mais devagar, cavaleiro,
   que vais dar contigo em África!

Puseram pregões agora.
Vamos ver quem arremata.

   – Quem compra este par de esporas
   que eram do poeta Gonzaga?

   – Já ninguém sonha ir tão longe,
   que hoje são duras escarpas

*esses caminhos de flores
de antigos campos da Arcádia...*

*— Só deixou na fortaleza
o par de esporas de prata!*

*— Quem sabe se alcança terra?
Quem sabe se desembarca?
Anda a peste das bexigas
até na gente fidalga...*

*— Pois ia dar leis ao mundo!
Era o que as leis fabricava!
E o par de esporas não chega
nem a 39 oitavas.*

*— Para tão longa carreira,
vê-se que eram coisa fraca...*

*— Já vai pelo mar fora,
lá vai, com toda a prosápia,
o ouvidor e libertino
desembargador peralta...*

(Ai de ti que hoje te firmas
no arção das ondas salgadas!
Segura a rédea de espuma,
Tomás Antônio Gonzaga.
Escapaste aqui da forca,
da forca e das línguas bravas;
vê se te livras das febres,
que se levantam nas vagas,
e vão seguindo o navio
com seus cintilantes miasmas...)

Romance LXXXIV ou Dos cavalos da Inconfidência

Eles eram muitos cavalos,
ao longo dessas grandes serras,
de crinas abertas ao vento,
a galope entre águas e pedras.
Eles eram muitos cavalos,
donos dos ares e das ervas,
com tranquilos olhos macios,
habituados às densas névoas,
aos verdes prados ondulosos,
às encostas de árduas arestas,
à cor das auroras nas nuvens,
ao tempo de ipês e quaresmas.

Eles eram muitos cavalos
nas margens desses grandes rios
por onde os escravos cantavam
músicas cheias de suspiros.
Eles eram muitos cavalos
e guardavam no fino ouvido
o som das catas e dos cantos,
a voz de amigos e inimigos,
— calados, ao peso da sela,
picados de insetos e espinhos,
desabafando o seu cansaço
em crepusculares relinchos.

Eles eram muitos cavalos,
— rijos, destemidos, velozes —
entre Mariana e Serro Frio,
Vila Rica e Rio das Mortes.

Eles eram muitos cavalos,
transportando no seu galope
coronéis, magistrados, poetas,
furriéis, alferes, sacerdotes.
E ouviam segredos e intrigas,
e sonetos e liras e odes:
testemunhas sem depoimento,
diante de equívocos enormes.

Eles eram muitos cavalos,
entre Mantiqueira e Ouro Branco,
desmanchando o xisto nos cascos,
ao sol e à chuva, pelos campos,
levando esperanças, mensagens,
transmitidas de rancho em rancho.
Eles eram muitos cavalos,
entre sonhos e contrabandos,
alheios às paixões dos donos,
pousando os mesmos olhos mansos
nas grotas, repletas de escravos,
nas igrejas, cheias de santos.

Eles eram muitos cavalos:
e uns viram correntes e algemas,
outros, o sangue sobre a forca,
outros, o crime e as recompensas.
Eles eram muitos cavalos:
e alguns foram postos à venda,
outros ficaram nos seus pastos,
e houve uns que, depois da sentença,
levaram o Alferes cortado
em braços, pernas e cabeça.
E partiram com sua carga
na mais dolorosa inocência.

Eles eram muitos cavalos.
E morreram por esses montes,
esses campos, esses abismos,
tendo servido a tantos homens.
Eles eram muitos cavalos,
mas ninguém mais sabe os seus nomes,
sua pelagem, sua origem...
E iam tão alto, e iam tão longe!
E por eles se suspirava,
consultando o imenso horizonte!
— Morreram seus flancos robustos,
que pareciam de ouro e bronze.

Eles eram muitos cavalos.
E jazem por aí, caídos,
misturados às bravas serras,
misturados ao quartzo e ao xisto,
à frescura aquosa das lapas,
ao verdor do trevo florido.
E nunca pensaram na morte.
E nunca souberam de exílios.
Eles eram muitos cavalos,
cumprindo seu duro serviço.
A cinza de seus cavaleiros
neles aprendeu tempo e ritmo,
e a subir aos picos do mundo...
e a rolar pelos precipícios...

Pequeno oratório de Santa Clara

(1955)

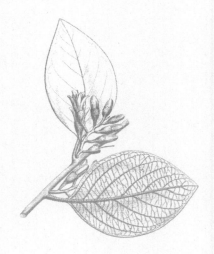

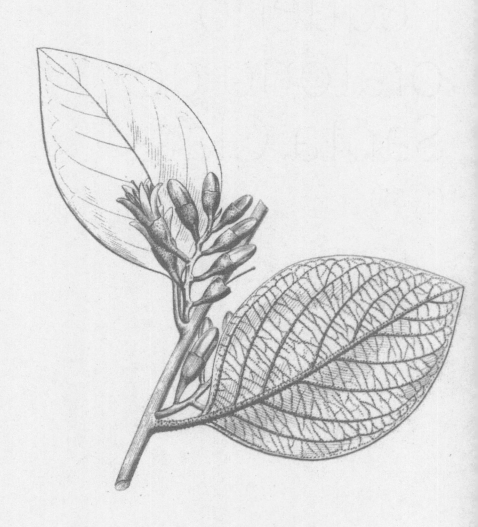

Eco

Cantara ao longe Francisco,
jogral de Deus deslumbrado.
Quem se mirara em seus olhos,
seguira atrás de seu passo!
(Um filho de mercadores
pode ser mais que um fidalgo,
se Deus o espera
com seu comovido abraço...)
Ah! que celeste destino,
ser pobre e andar a seu lado!
Só de perfeita alegria
levar repleto o regaço!
Beijar leprosos,
sem se sentir enojado!
Converter homens e bichos!
Falar com os anjos do espaço!...
(Ah! quem fora a sombra, ao menos,
desse jogral deslumbrado!)

Clara

Voz luminosa da noite,
feliz de quem te entendia!
(Num palácio mui guardado,
levantou-se uma menina:
já não pode ser quem era,
tão bem guarnida,
com seus vestidos bordados,
de veludo e musselina;
já não quer saber de noivos:
outra é a sua vida.
Fecha as portas, desce a treva,

que com seu nome ilumina.
Que são lágrimas?
Pelo silêncio caminha...)
Um vasto campo deserto,
a larga estrada divina!
Ah! feliz itinerário!
Sobrenatural partida!

Glória

Já seus olhos se fecharam.
E agora rezam-lhe ofícios.
(Tecem-lhe os anjos grinaldas,
no divino Paraíso.
"Pomba argêntea!" — cantam.
"Estrela claríssima!")
— Irmã Clara, humilde foste,
muito além do que é preciso!...
— O caminho me ensinaste:
o que fiz foi vir contigo...
(Assim conversam, gloriosos,
Santa Clara e São Francisco.
Cantam os anjos alegres:
Vede o seu sorriso!)
Que assim partem deste mundo
os santos, com seus serviços.
Entre os humanos tormentos,
são exemplo e aviso,
pois estamos tão cercados
de ciladas e inimigos!
"Santa! Santa! Santa Clara!"
os anjos cantam.

(E aqui com Deus finalizo.)

Canções
(1956)

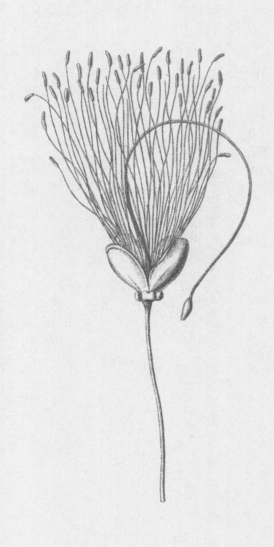

....

Como os passivos afogados
esperando o tempo da areia,
pelo mar de inúmeros lados
boio tão venturosa e alheia
que, para mim, a noite e o dia
têm o mesmo sol sem ocaso,
e o que eu queria e não queria
aceitaram seu justo prazo.

E nem me encontra quem me espera
nem o que esperei foi havido,
tanto me ausento desta esfera.

Ó liberdade sem tormento!
(Ó fitas soltas, ó cortinas
levadas por um amplo vento
além de campos e colinas!...)
Vencendo sucessivos planos,
abrindo mundos encobertos,
chegando aos reinos sobre-humanos
onde há jardins para os desertos!

A alma do sonho fez-se ouvido
tão vertiginoso e profundo
que capta o recado perdido
dos ocultos donos do mundo.

....

Muitos campos tênues
que se inclinam pálidos:
flores decadentes
por todos os lados.

Grandes nuvens líricas,
ventos e astros lânguidos
a alta noite fria
clareando e sombreando.

Que vitória etérea
de guerreiros límpidos!
Mira a brava guerra
sonhos decorridos.

Desce no tempo íngreme
o planeta rápido.
Todo de ouro, o instinto
imobilizado.

E os nomes nos túmulos,
frágil cinza vária...
— Quebrados escudos,
abolidas armas.

....

Na ponta do morro,
mulheres descalças
põem flores nas jarras
da capela de ouro.

As jarras são feias,
têm asas quebradas.
Também as toalhas
se esgarçam nas rendas.

As mulheres passam,
com gestos antigos,
entre crucifixos
e auréolas de prata.

Seus gestos são os mesmos
gestos de outras datas,
dentro de outras raças,
longe, noutros templos.

Mas não sabem disso,
e mudam, nas jarras,
as flores e a água
com o jeito submisso

de quem se contenta
em ser sombra vaga
da Vida Sonhada
por toda a existência.

....

Há um nome que nos estremece,
como quando se corta a flor
e a árvore se torce e padece.

Há um nome que alguém pronuncia
sem qualquer alegria ou dor,
e que em nós, é dor e alegria.

Um nome que brilha e que passa,
que nos corta em puro esplendor,
que nos deixa em cinza e desgraça.

Nele se acaba a nossa vida,
porque é o nome total do amor
em forma obscura e dolorida.

Há um nome levado no vento.
Palavra. Pequeno rumor
entre a eternidade e o momento.

....

De que são feitos os dias?
— De pequenos desejos,
vagarosas saudades,
silenciosas lembranças.

Entre mágoas sombrias,
momentâneos lampejos:
vagas felicidades,
inatuais esperanças.

De loucuras, de crimes,
de pecados, de glórias,
— do medo que encadeia
todas essas mudanças.

Dentro deles vivemos,
dentro deles choramos,
em duros desenlaces
e em sinistras alianças...

....

Dos campos do Relativo
escapei.
Se perguntam como vivo,
que direi?

De um salto firme e tremendo,
— tão de além! —
chega-se onde estou vivendo
sem ninguém.

Gostava de estar contigo:
mas fugi.
Hoje, o que sonho, consigo,
já sem ti.

Verei, como quem sempre ama,
que te vais.
Não se volta, não se chama
nunca mais.

Os campos do Relativo
serão teus.
Se perguntam como vivo?
— De adeus.

....

ÚNICA SOBREVIVENTE
de uma casa desabada,
— só eu me achava acordada.

E recordo a minha gente,
na noite sem madrugada.
Só eu me achava acordada.

Minha morte é diferente:
eles não souberam nada.
Só eu me achava acordada.

Mas quem sabe o que se sente,
entre ir na casa afundada
e ter ficado, — acordada!?

Trapezista
(Jogos Olímpicos)

De que maneira chegaremos
às brancas portas da Via Láctea?

Será com asas ou com remos?
Será com os músculos com que saltas?

Leva-me agarrada aos teus ombros
como um cendal para agasalhar-te!

Seremos pássaros ou anjos
atravessando a sombra da tarde!

Deixaremos a terra juntos
e justapostos como metades,

sem o triste pó dos defuntos,
sem qualquer bruma que enlute os ares!

Sem nada de humanos assuntos:
muito mais puros, muito mais graves!

Pistoia, cemitério militar brasileiro
(1955)

....

Eles vieram felizes, como
para grandes jogos atléticos:
com um largo sorriso no rosto,
com forte esperança no peito,
— porque eram jovens e eram belos.

Marte, porém, soprava fogo
por estes campos e estes ares.
E agora estão na calma terra,
sob estas cruzes e estas flores,
cercados por montanhas suaves.

São como um grupo de meninos
num dormitório sossegado,
com lençóis de nuvens imensas,
e um longo sono sem suspiros,
de profundíssimo cansaço.

Suas armas foram partidas
ao mesmo tempo que seu corpo.
E, se acaso sua alma existe,
com melancolia recorda
o entusiasmo de cada morto.

Este cemitério tão puro
é um dormitório de meninos:
e as mães de muito longe chamam,
entre as mil cortinas do tempo,
cheias de lágrimas, seus filhos.

Chamam por seus nomes, escritos
nas placas destas cruzes brancas.
Mas, com seus ouvidos quebrados,
com seus lábios gastos de morte,
que hão de responder estas crianças?

E as mães esperam que ainda acordem,
como foram, fortes e belos,
depois deste rude exercício,
desta metralha e deste sangue,
destes falsos jogos atléticos.

Entretanto, céu, terra, flores,
é tudo horizontal silêncio.
O que foi chaga, é seiva e aroma,
— do que foi sonho, não se sabe —
e a dor anda longe, no vento...

Dispersos
(1918-1964)

Cidade colonial

Vede as moças nas varandas,
neste imenso isolamento.
Umas penteiam as tranças,
outras tangem pensamentos;
e há serenatas que cantam
com a vazia voz do vento.

Isto é uma cidade antiga,
uma precária cidade,
que a cada momento fica
um girassol de saudade
procurando a despedida
entre o tempo e a eternidade.

Portas de adeuses, queimados
restos de jardins perdidos:
vultos aéreos, retratos
que têm alma e não sentidos,
e este som de enigmas falsos
que vem de fatos vencidos.

Vede os meninos nas ruas,
com pedrinhas de diamantes.
Seus brinquedos foram lutas
— que a glória é um pálido instante
e, em chispas de fogo ocultas,
jaz a morte cintilante.

E nos tristes cemitérios,
que já ninguém mais percorre,
os próprios arbustos quietos

morrem sobre o que ali morre.
Um surdo sopro de tédio
entre as lápides transcorre.

E nomes. Datas. Palavras.
Sem mais lembranças de dono,
dissolvem-se horas amargas
nesse colo de abandono.
A cidade antiga é uma harpa
com o sonho em cordas de sono.

Elegia do Tapeceiro Egípcio

Bela é a água que corre como a lã clara nos teares.
E vão passando os peixes, que deixam só diáfano esquema.

Leve é o giro das aves, recortado há cinco mil anos;
e as canas e a brisa inventam músicas fictícias
de aéreos estambres, na alta urdidura do tempo.

Grave é o corpo do jovem reclinado em vítreo silêncio,
pálido Osíris que o Nilo agasalha em sábias ondas.

Em seus olhos fechados, donos de cores e linhas eternas,
a memória mistura anjos, profetas e deuses.

Oh! entre esses calmos perfis parados nas ourelas,
o rio mostra ao tecelão a sua morte,
larga tapeçaria que apenas a alma contempla:

sob as canas e os pássaros e as lançadeiras dos peixes rápidos,
sob o dia, sob o mundo, na visão de cenas arcaicas,
o tecelão vai sendo também tecido.

Como a lã clara nos teares, bela e exata, a água que corre
vai bordando o seu vulto,
vai levando suas pálpebras e seus dedos...

Quem pode separar os fios da vida e os fios da água
neste desenho novo que está nascendo em lugar invisível...?

Maio, 1956

Canção do deserto

Pelo horizonte de areias,
reclina-se a voz do canto.
A moça diz muito longe:
"Eu sou a rosa do campo..."

O beduíno para e escuta,
vestido de pensamento,
sozinho entre as margens de ouro
do ar e do deserto imenso.

"Eu sou a rosa do campo..."
E olhando para as ovelhas
sente o chão verde e macio
e flores pelas areias.

"Eu sou a rosa do campo..."
Mas tudo o que ouve e está vendo,
é poeira, apenas, que voa:
o vento da voz ao vento.

1958

Família

Temos uma família desfeita na terra:
(ó ternos corações, ó fechados olhos onde costumávamos
[habitar!)
mas dessa não temos notícia:
e o nosso amor é uma rosa sobre muros de sombra.

Temos uma família muito distante,
em aposentos que não vemos, em países que jamais iremos
[visitar!
Dessa temos notícias, eventualmente:
mas o nosso amor é uma rosa que murcha incomunicável.

Temos uma família próxima, algumas vezes,
que se move, e nos fala, e nos vê,
mas entre nós pode não haver notícias:
e o nosso amor é um muro sem rosas.

Temos muitas famílias, havidas e sonhadas.
São as nuvens do céu que levamos sobre a alma,
as espumas do mar que vamos pisando.
Nós, porém, continuamos viajantes solitários:
e a rosa que levamos no coração, comovida,
também se desfolha.

(Ou pode ser que, afinal, a rosa seja unânime
e eterna,
em sobre-humana família.)

Rua da Estrela

Rua da Estrela,
só pelo nome,
como eu te amava!
Rua serias
da estrela Vésper?
Da estrela d'Alva?
Ou alguma estrela
em ti brilhava?

E conheci-te.
E procurava
nos longos muros,
nas grandes casas,
a estrela nunca,
jamais achada...

Quase sem corpo,
quase só alma,
no leve tempo
da infância vaga,
pelos caminhos
que a ti levavam,
vendo e sonhando,
só descobria
jardins de flores,
chácaras largas
com seus perfumes
de terra e vento,
de folhas e águas...
E claraboias
tão altas e alvas...
Porões sombrios,

com seus fantasmas
que a noite apenas
ressuscitava...

Rua da Estrela!
Nesses caminhos,
pelas fachadas,
nas platibandas,
pelas escadas,
lúcidas, mudas,
brancas estátuas
(mas não a estrela
que no teu nome
se anunciava!).

O som dos pianos
ia e voltava
pelas escalas...
Negras alegres
me festejavam.
Bêbedos tristes
me entristeciam,
pelas calçadas.

Tudo isso havia
pelos caminhos
que atravessa.
Mas essa estrela,
Rua da Estrela,
com que o teu nome
me deslumbrara,
essa eu não via.
Talvez chegava
pela alta noite?
De madrugada?

Por essa estrela,
Rua da Estrela,
mesmo invisível,
é que eu te amava.

1964

Cantar de vero amor

A Heitor Grillo

I

Assim aos poucos vai sendo levada
a tua Amiga, a tua Amada!

E assim de longe ouvirás a cantiga
da tua Amada, da tua Amiga.

Abrem-se os olhos — e é de sombra a estrada
para chegar-se à Amiga, à Amada!

Fecham-se os olhos — e eis a estrada antiga,
a que levaria à Amada, à Amiga.

(Se me encontrares novamente, nada
te faça esquecer a Amiga, a Amada!

Se te encontrar, pode ser que eu consiga
ser para sempre a Amada Amiga!)

II

E assim aos poucos vai sendo levada
a tua Amiga, a tua Amada!

E talvez apenas uma estrelinha siga
a tua Amada, a tua Amiga.

Para muito longe vai sendo levada,
desfigurada e transfigurada,

sem que ela mesma já não consiga
dizer que era a tua profunda Amiga,

sem que possa ouvir o que tua alma brada:
que era a tua Amiga e que era a tua Amada.

Ah! do que se disse nada mais se diga!
Vai-se a tua Amada — vai-se a tua Amiga!

Ah! do que era tanto, não resta mais nada...
Mas houve essa Amiga! mas houve essa Amada!

São Paulo, janeiro, 1964

Três orquídeas*

Para D. Marcos Barbosa

As orquídeas do mosteiro fitam-me com seus olhos roxos.
Elas são alvas, todas de pureza,
com uma leve mácula violácea para uma pureza de sonho
[triste, um dia.

....

* Poema póstumo de Cecília Meireles, escrito no Hospital dos Servidores do Estado da cidade do Rio de Janeiro.

Que dia? que dia? dói-me a sua brevidade.
Ah! não veem o mundo. Ah! não me veem como eu as vejo.
Se fossem de alabastro seriam mais amadas?
Mas eu amo o eterno e o efêmero e queria fazer o efêmero
[eterno.

As três orquídeas brancas eu sonharia que durassem,
com sua nervura humana,
seu colorido de veludo,
a graça leve do seu desenho,
o tênue caule de tão delicado verde.
Se elas não veem o mundo, que o mundo as visse.
Quem pode deixar de sentir sua beleza?
Antecipo-me em sofrer pelo seu desaparecimento.
E paira sobre elas a gentileza igualmente frágil,
a gentileza floril
da mão que as trouxe para alegrar a minha vida.

Durai, durai, flores, como se estivésseis ainda
no jardim do mosteiro amado onde fostes colhidas,
que escrevo para perdurardes em palavras,
pois desejaria que para sempre vos soubessem,
alvas, de olhos roxos (ah! cegos?)
com leves tristezas violáceas na brancura de alabastro.

Agosto, 1964

Poemas escritos na Índia
(1953)

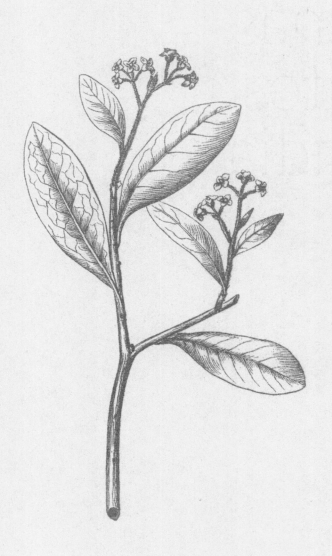

Lei do passante

*Passante quase enamorado,
nem livre nem prisioneiro,
constantemente arrebatado,
– fiel? saudoso? amante? alheio? –
a escutar o chamado,
o apelo do mundo inteiro,
nos contrastes de cada lado...*

Chega?

*Passante quase enamorado,
já divinamente afeito
a amar sem ter de ser amado,
porque o tempo é traiçoeiro
e tudo lhe é tirado
repentinamente do peito,
malgrado seu querer, malgrado...*

Passa?

*Passante quase enamorado,
pelos campos do inverdadeiro,
onde o futuro é já passado...
– Lúcido, calmo, satisfeito,
– fiel? saudoso? amante? alheio? –
só de horizontes convidado...*

Volta?

Cidade seca

A estrada — pó de açafrão que o vento desmancha.
E quem passa?

O esqueleto visível do poço com suas escadas antigas.
E quem chega?

Pelos palácios vazios, paredes de nácar, de espelhos baços.
E quem entra?

Chuva nenhuma, jamais. Os rios de outrora — vales de poeira.
E quem olha?

Ainda rósea, e crespa de inscrições, de arcos, pórticos, varandas,
a cidade admirável é um cravo seco na mão do sol reclinado.
Do sol que ainda a beija, antes de morrer, também.

Lembrança de Patna

Tudo era humilde em Patna:
torneiras secas,
cortinados tristes,
salas sonolentas.

Mas as flores de ervilha cheiravam com a violência
de um pássaro que dá todo o seu canto.

As ruas, modestas.
O campo, submisso:
as batatas pareciam apenas torrões mais duros.

As casas, simples,
as pessoas, tímidas.
Tudo era só bondade e pobreza.

Mas as flores de ervilha cheiravam com a violência
de uma cascata despenhada.

As flores de ervilha enchiam com seu perfume toda a cidade,
penetravam no museu, animavam os velhos retratos,
dançavam pelas ruas, frescas e policromas,
alegravam o céu e a terra,
coroavam a tarde com seus ramos apaixonados.

As flores de ervilha mandavam mensagens
até o fundo do rio
para as afogadas, saudosas grandezas remotas de Patna.

Santidade

O Santo passou por aqui.
Tudo ficou bom para sempre,
tal foi sua santidade.

Tudo sem temor.

Até os pássaros, sensíveis e inquietos,
aqui são calmos, comem à nossa mesa,
pousam nos nossos ombros,
e em sua memória não há noção do mal.

Os pássaros não se assustam, não temem,
porque entre os muros dos séculos
andam os passos e as palavras do Santo:

alma e ar do mundo,
som no instinto dos pássaros.

Os pássaros tentam mesmo pousar
nos ventiladores em movimento.
E caem despedaçados de confiança,
aos nossos pés,
os serenos pássaros ainda mornos.

O Santo passou por aqui.
Sua sombra perdura além de qualquer morte.

Oh, entre os muros dos séculos
o ouvido do Santo percebe
a queda humilde
de qualquer vida.

O Santo continua a passar e a ficar para sempre:
podemos tomar nas mãos, pesar, medir,
a notícia da sua santidade,

num pequeno pássaro morto.

Tempestade

Suspiraram as rosas
e surpreendidas e assustadas
esconderam-se nos seus veludos.

Não eram borboletas!
Nem rouxinóis!
Não eram pavões que passavam pelo jardim.

De um céu ruidoso
caíam essas grandes asas luminosas e inquietas.
Relâmpagos azuis voavam entre os canteiros,
retalhando os lagos.

Tremiam veludos e sedas,
e o pólen delicado,
na noite violenta,
alta demais,
despedaçada,
despedaçante.

Ah, como era impossível
suster a forma das rosas!

Família hindu

Os sáris de seda reluzem
como curvos pavões altivos.
Nas narinas fulgem diamantes
em suaves perfis aquilinos.
Há longas tranças muito negras
e luar e lótus entre os cílios.
Há pimenta, erva-doce e cravo,
crepitando em cada sorriso.

Os dedos bordam movimentos
delicados e pensativos,
como os cisnes em cima da água
e, entre as flores, os passarinhos.
E quando alguém fala é tão doce

como o claro cantar dos rios,
numa sombra de cinamomo,
açafrão, sândalo e colírio.

(Mas quase não se fala nada,
porque falar não é preciso.)

Tudo está coberto de aroma.
Em cada gesto existe um rito.

A alma condescende em ser corpo,
abandonar seu paraíso.
Deus consente que os homens venham
a esta intimidade de amigos,
somente por mostrar que se amam,
que estão no mundo, que estão vivos.

Depois, a música se apaga,
diz-se adeus com lábios tranquilos,
deixa-se a luz, o aroma, a sala,
com os serenos perfis divinos,
sobe-se ao carro dos regressos,
na noite, de negros caminhos...

Metal rosicler
(1960)

Metal rocicler he huma pedra negra, como metal negrilho, melhor d'arêa, como pó escuro sem resplandor: e se conhece ser rocicler, em que lançando agua sobre a pedra, se lhe dá com huma faca, ou chave, como quem a móe, e faz hum modo de barro, como ensanguentado; e quanto mais corado o barro, tanto melhor he o rocicler [...] dá em caixa de barro como lama, e pedrinhas de todas as cores.

André João Antonil, *Cultura e opulência do Brasil*

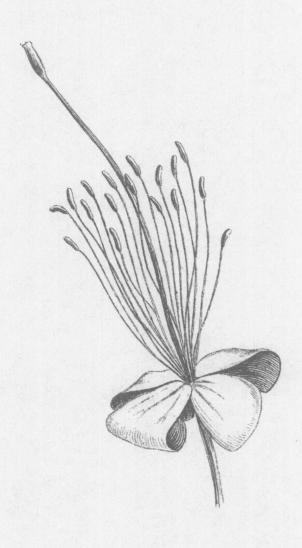

1

Não perguntavam por mim,
mas deram por minha falta.
Na trama da minha ausência,
inventaram tela falsa.

Como eu andava tão longe,
numa aventura tão larga,
entregue à metamorfose
do tempo fluido das águas;
como descera sozinho
os degraus da espuma clara,
e o meu corpo era silêncio
e era mistério minha alma,
— cantou-se a fábula incerta,
segundo a linguagem da harpa:
mas a música é uma selva
de sal e areia na praia,
um arabesco de cinza
que ao vento do mar se apaga.

E o meu caminho começa
nessa franja solitária,
no limite sem vestígio,
na translúcida muralha
que opõem o sonho vivido
e a vida apenas sonhada.

5

Estudo a morte, agora,
— que a vida não se vive,
pois é simples declive
para uma única hora.

E nascemos! E fomos
tristes crianças e adultos
ignorantes e cultos,
de incoerentes assomos.

E em mistério transidos,
e em segredo profundo,
voltamos deste mundo
como recém-nascidos.

Que um sinal nos acolha
nesses sítios extremos,
pois vamos como viemos,
sem ser por nossa escolha;

e quem nos traz e leva
sabe por que é preciso
do Inferno ao Paraíso
andar de treva em treva...

14

Oh, quanto me pesa
este coração, que é de pedra.
Este coração que era de asas,
de música e tempo de lágrimas.

Mas agora é sílex e quebra
qualquer dura ponta de seta.

Oh, como não me alegra
ter este coração de pedra.

Dizei, por que assim me fizestes,
vós todos a quem amaria,
mas não amarei, pois sois estes
que assim me deixastes amarga,
sem asas, sem música e lágrimas,

assombrada, triste e severa
e com meu coração de pedra.

Oh, quanto me pesa
ver meu puro amor que se quebra!
Amor que era tão forte e voava
mais que qualquer seta!

16

Sono sobre a chuva
que, entre o céu e a terra,
tece a noite fina.

Tece-a com desenhos
de amigos que falam,
de ruas que voam,
de amor que se inclina,

de livros que se abrem,
de face incompleta
que, inerme, deplora
com palavras mudas
e não raciocina...

Sobre a chuva, o sono:
tão leve, que mira
todas as imagens

e ouve, ao mesmo tempo,
longa, paralela,
a canção divina

dos fios imensos
que, nos teares de água,
entre o céu e a terra,
o tempo separa
e a noite combina.

18

Pois o enfermo é triste e doce
mais do que um recém-nascido.
E chega como se fosse
da volta de ter partido.

E chega de olhos fechados,
envolto nos cristalinos
céus de sonho debuxados
na memória dos meninos.

E é tão pálido o seu rosto
e sua ausência tão bela
como, entre os ventos de agosto,
a rosa branca e amarela.

23

Chovem duas chuvas:
de água e de jasmins
por estes jardins
de flores e nuvens.

Sobem dois perfumes
por estes jardins:
de terra e jasmins,
de flores e chuvas.

E os jasmins são chuvas
e as chuvas, jasmins,
por estes jardins
de perfume e nuvens.

28

Sob os verdes trevos que a tarde
rocia com o mais leve aljofre,
tonta, a borboleta procura
uma posição para a morte.

Oh! de que morre? Por que morre?
De nada. Termina. Esvaece.
Retorna a outras mobilidades,
recompõe-se em íris celestes.

Nos verdes trevos pousa, cega,
à procura de um brando leito.
Altos homens... Árvores altas...
Igrejas... Nuvens... Pensamento...

Não... Tudo extremamente longe!
O mundo não diz nada à vida
que sozinha oscila nos trevos,
embalando a própria agonia.

Que diáfana seda, que sonho,
que aérea túnica tão fina,

que invisível desenho esparso
de outro casulo agora fia?

Secreto momento inviolado
que ao tempo, sem queixa, devolve
as asas tênues, tão pesadas
no rarefeito céu da morte!

Sob os verdes trevos que a noite
no chão silenciosos dissipa,
jaz a frágil carta sem dono:
— escrita? lida? – Restituída.

32

Parecia que ia morrendo
sufocada.
Mas logo de seu peito vinha
uma trêmula cascata,
que aumentava, que aumentava
com borboletas de espuma
e fogo e prata.

Parecia que ia morrendo
de loucura.
Mas logo rápida movia
não sei que vaga porta escura
e, mais tênue que o sol e a lua,
passava entre fitas e rosas
sua figura.

Parecia que ia morrendo
em segredo.

Mas uma rumorosa vida
rugia mais que oceano ou vento
nas suas mãos em movimento.
Agarrava o tempo e o destino
com um ágil dedo.

Parecia que ia morrendo
e revivia.
E girava saias imensas,
maiores do que a noite e o dia.
Rouca, delirante, aguerrida,
pisando a morte e os maus agouros,
"olé!" – dizia.

36

Não temos bens, não temos terra
e não vemos nenhum parente.
Os amigos já estão na morte
e o resto é incerto e indiferente.
Entre vozes contraditórias,
chama-se Deus onipotente:
Deus respondia, no passado,
mas não responde, no presente.
Por que esperança ou que cegueira
damos um passo para a frente?
Desarmados de corpo e de alma,
vivendo do que a dor consente,
sonhamos falar – não falamos;
sonhamos sentir – ninguém sente;
sonhamos viver – mas o mundo
desaba inopinadamente.

E marchamos sobre o horizonte:
cinzas no oriente e no ocidente;
e nem chegada nem retorno
para a imensa turba inconsciente.
A vida apenas à nossa alma
brada este aviso imenso e urgente?

Sonhamos ser. Mas ai, quem somos,
entre esta alucinada gente?

Solombra
(1963)

> Levantei os olhos para ver quem
> falava. Mas apenas ouvi as vozes
> combaterem: E vi que era no Céu
> e na Terra. E disseram-me: <u>Sombra</u>.
>
> C. M.

....

Arco de pedra, torre em nuvens embutida,
sino em cima do mar e luas de asas brancas...
Meu vulto anda em redor, abraçado a perguntas.

Anda em redor minha alma: e a música e a ampulheta
desmancham-se no céu, nas minhas mãos dolentes,
e a vastidão do amor fragmenta-se em mosaicos.

Ó calma arquitetura onde os santos passeiam
e com olhos sem sono observam labirintos
de terra triste em que os destinos se entrelaçam.

... — presa estou, como a rosa e o cristal, nas arestas
de exatas cifras delicadas que se encontram
e se separam: em polígonos de adeuses...

Alada forma, onde coincidimos?

....

Falo de ti como se um morto apaixonado
falasse ainda em seu amor, sobre a fronteira
onde as coroas desta vida se desmontam.

Sem nada ver, sigo por mapas de esperança:
vento sem braços, vou sonhando encontros certos,
água caída, penso-me em cristal segura.

Ah, meus caminhos, ah, meu rosto, audaz e grave!
O claro sol, as altas sombras, a onda inquieta
e o vasto olhar das grandes noites acordadas!

E abre-se o mundo por mil portas simultâneas.
Quem aparece? E outras mil portas sobre o mundo
se fecham. Tudo se revela tão perene

que eu é que sou translúcida morta.

....

Como trabalha o tempo elaborando o quartzo,
tecendo na água e no ar anêmonas, cometas,
um pensamento gira e inferno e céu modela.

Brandamente suporta em delicados moldes
enigmas onde a noite e o dia pousam como
borboletas sem voz, doce engano de cinza.

Levemente sustenta a frágil estrutura
da verdade que o anima. E a cada instante sofre
de saber-se tão tênue e tão perto de ruína.

(Ó Verônica acesa em secreta paisagem,
tão esperada e amada em tristeza e ventura,
malgrado o peso dos enganos e saudades,

e do exercício das despedidas!)

....

Nuvens dos olhos meus, de altas chuvas paradas,
— por chãos de adeuses vão-se os dias em tumulto,
em noites ermas a saudade longe morre.

Sem testemunha vão passando as horas belas.
Tudo que pôde ser vitória cai perdido,
sem mãos, sem posse, pela sombra, entre os planetas.

Tudo é no espaço — desprendido de lugares.
Tudo é no tempo — separado de ponteiros.
E a boca é apenas instrumento de segredos.

Por que esperais, olhos severos, grandes nuvens?
Tudo se vai, tudo se perde, — e vós, detendo,
num preso céu, fora da vida, as águas densas

de inalcançáveis rostos amados!

....

Eu sou essa pessoa a quem o vento chama,
a que não se recusa a esse final convite,
em máquinas de adeus, sem tentação de volta.

Todo horizonte é um vasto sopro de incerteza.
Eu sou essa pessoa a quem o vento leva:
já de horizontes libertada, mas sozinha.

Se a Beleza sonhada é maior que a vivente,
dizei-me: não quereis ou não sabeis ser sonho?
Eu sou essa pessoa a quem o vento rasga.

Pelos mundos do vento, em meus cílios guardadas
vão as medidas que separam os abraços.
Eu sou essa pessoa a quem o vento ensina:

"Agora és livre, se ainda recordas".

....

Quero roubar à morte esses rostos de nácar,
esses corais da aurora, esses véus de safira,
e antes que em mim também se acabe o céu das pálpebras.

Roubo a seta que vi passar sobre os meus cílios,
— agora que o ar descai no espaço atravessado,
e antes que em mim também se acabe o céu das pálpebras.

E por dias sem fim, na imprevista memória
que o sonho lavra em pedras negras e rebeldes,
estranhas cenas brilharão, vastas e tímidas.

Este era o acaso a que serviram minhas lágrimas?
Esta era a doce escravidão da minha vida?
Isto era toda a tua glória — este resíduo?

E à morte roubo minha alma, apenas?

....

Sobre um passo de luz outro passo de sombra.
Era belo não vir; ter chegado era belo.
E ainda é belo sentir a formação da ausência.

Nada foi projetado e tudo acontecido.
Movo-me em solidão, presente sendo e alheia,
com portas por abrir e a memória acordada.

A acordada memória! esta planta crescente
com mil imagens pela seiva resvalantes,
na noite vegetal que é a mesma noite humana.

Vejo-me longe e perto, em meus nítidos moldes,
em tantas viagens, tantos rumos prisioneira,
a construir o instante em que direi teu nome!

Que labirintos bebem meu rosto?

Ou isto ou aquilo
(1964)

* Esta nova disposição dos poemas de *Ou isto ou aquilo* foi estabelecida por Walmir Ayala, 1990. (N.E.)

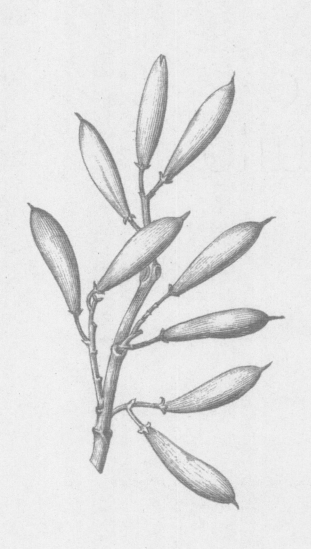

Pescaria

Cesto de peixes no chão.

Cheio de peixes, o mar.

Cheiro de peixe pelo ar.

E peixes no chão.

Chora a espuma pela areia,
na maré cheia.

As mãos do mar vêm e vão,
as mãos do mar pela areia
onde os peixes estão.

As mãos do mar vêm e vão,
em vão.
Não chegarão
aos peixes do chão.

Por isso chora, na areia,
a espuma da maré cheia.

Moda da menina trombuda

É a moda
da menina muda
da menina trombuda
que muda de modos
e dá medo.

(A menina mimada!)

É a moda
da menina muda
que muda
de modos
e já não é trombuda.

(A menina amada!)

Tanta tinta

Ah! menina tonta,
toda suja de tinta
mal o sol desponta!

(Sentou-se na ponte,
muito desatenta...
E agora se espanta:
Quem é que a ponte pinta
com tanta tinta?...)

A ponte aponta
e se desaponta.
A tontinha tenta
limpar a tinta,
ponto por ponto
e pinta por pinta...

Ah! a menina tonta!
Não viu a tinta da ponte!

Leilão de jardim

Quem me compra um jardim
com flores?

borboletas de muitas
cores,

lavadeiras e pas-
sarinhos,

ovos verdes e azuis
nos ninhos?

Quem me compra este ca-
racol?

Quem me compra um raio
de sol?

Um lagarto entre o muro
e a hera,

uma estátua da Pri-
mavera?

Quem me compra este for-
migueiro?

E este sapo, que é jar-
dineiro?

E a cigarra e a sua
canção?

E o grilinho dentro
do chão?

(Este é o meu leilão!)

A bailarina

Esta menina
tão pequenina
quer ser bailarina.

Não conhece nem dó nem ré
mas sabe ficar na ponta do pé.

Não conhece nem mi nem fá
mas inclina o corpo para cá e para lá.

Não conhece nem lá nem si,
mas fecha os olhos e sorri.

Roda, roda, roda com os bracinhos no ar
e não fica tonta nem sai do lugar.

Põe no cabelo uma estrela e um véu
e diz que caiu do céu.

Esta menina
tão pequenina
quer ser bailarina.

Mas depois esquece todas as danças,
e também quer dormir como as outras crianças.

O mosquito escreve

O mosquito pernilongo
trança as pernas, faz um *M*,
depois, treme, treme, treme,
faz um *O* bastante oblongo,
faz um *S*.

O mosquito sobe e desce.
Com artes que ninguém vê,
faz um *Q*,
faz um *U* e faz um *I*.

Esse mosquito
esquisito
cruza as patas, faz um *T*.
E aí,
se arredonda e faz outro *O*,
mais bonito.

Oh!
Já não é analfabeto
esse inseto,
pois sabe escrever seu nome.

Mas depois vai procurar
alguém que possa picar,
pois escrever cansa,
não é, criança?

E ele está com muita fome.

Ou isto ou aquilo

Ou se tem chuva e não se tem sol,
ou se tem sol e não se tem chuva!

Ou se calça a luva e não se põe o anel,
ou se põe o anel e não se calça a luva!

Quem sobe nos ares não fica no chão,
quem fica no chão não sobe nos ares.

É uma grande pena que não se possa
estar ao mesmo tempo nos dois lugares!

Ou guardo o dinheiro e não compro o doce,
ou compro o doce e gasto o dinheiro.

Ou isto ou aquilo: ou isto ou aquilo...
e vivo escolhendo o dia inteiro!

Não sei se brinco, não sei se estudo,
se saio correndo ou fico tranquilo.

Mas não consegui entender ainda
qual é melhor: se é isto ou aquilo.

Bibliografia*

I. OBRAS DA AUTORA

Em língua portuguesa

Espectros. Rio de Janeiro: Leite Ribeiro e Maurillo, 1919. São Paulo: Global, 2013.

Nunca mais... e Poema dos poemas. Ilustrações de Correia Dias. Rio de Janeiro: Leite Ribeiro, 1923. São Paulo: Global, 2015.

Baladas para El-Rei. Ilustrações de Correia Dias. Rio de Janeiro: Lux, 1925.

Saudação à menina de Portugal. Rio de Janeiro: [Real Gabinete Português de Leitura], 1930.

Viagem. Lisboa: Ocidente, 1939. São Paulo: Global, 2017.

Vaga música. Rio de Janeiro: Pongetti, 1942. São Paulo: Global, 2013.

Mar absoluto e outros poemas. Porto Alegre: Globo, 1945. São Paulo: Global, 2015.

Retrato natural. Rio de Janeiro: Livros de Portugal, 1949. São Paulo: Global, 2014.

Amor em Leonoreta. Rio de Janeiro: Hipocampo, 1951. São Paulo: Global, 2013.

Doze noturnos da Holanda e O aeronauta. Rio de Janeiro: Livros de Portugal, 1952.

Romanceiro da Inconfidência. Rio de Janeiro: Livros de Portugal, 1953. São Paulo: Global, 2012.

Pequeno oratório de Santa Clara (Apresentado em caixa de madeira pintada, em forma de oratório). Rio de Janeiro: Philobiblion, 1955.

---

* Na edição de 1972 deste volume, Darcy Damasceno estabeleceu uma bibliografia sobre Cecília Meireles e previu a necessidade de sua atualização. Foi o que se tentou fazer na presente edição. (N.E.)

Pistoia, cemitério militar brasileiro. Xilogravuras de Manuel Segalá. Rio de Janeiro: Philobiblion, 1955.

Canções. Rio de Janeiro: Livros de Portugal, 1956. São Paulo: Global, 2016.

A rosa. Ilustrações de Lygia Sampaio. Salvador: Dinamene, 1957.

Romance de Santa Cecília. Rio de Janeiro: Philobiblion, 1957.

Obra poética. Rio de Janeiro: Aguilar, 1958 [2ª edição aumentada, 1967].

Metal rosicler. Rio de Janeiro: Livros de Portugal, 1960. São Paulo: Global, 2014.

Poemas escritos na Índia. Rio de Janeiro: Livraria São José, [1961]. São Paulo: Global, 2014.

Antologia poética. Rio de Janeiro: Editora do Autor, 1963. São Paulo: Global, 2013.

Solombra. Rio de Janeiro: Livros de Portugal, 1963.

Ou isto ou aquilo. São Paulo: Giroflê, 1964. São Paulo: Global, 2012.

Ou isto ou aquilo e Poemas inéditos. São Paulo: Melhoramentos, 1969.

Crônica trovada da cidade de Sam Sebastiam do Rio de Janeiro no quarto centenário de fundação pelo capitão-mor Estácio de Saa. Rio de Janeiro: José Olympio, 1965.

Poemas italianos (Edição bilíngue, com versão italiana de Edoardo Bizzarri). São Paulo: Instituto Cultural Ítalo-Brasileiro, 1968.

Antologia poética. Seleção de Francisco da Cunha Leão e David Mourão-Ferreira. Lisboa: Guimarães Editores, 1968.

Flor de poemas. Organização de Paulo Mendes Campos. Rio de Janeiro: José Aguilar, 1972. São Paulo: Global, 2024.

Urnas e brisas. Bahia/Dakar: Dinamene, 1972.

Seleta em prosa e verso. Organização de Darcy Damasceno. Rio de Janeiro: José Olympio, 1973.

Poesias completas. Organização de Darcy Damasceno. Rio de Janeiro: Civilização Brasileira, 1973/1974. 9 v.

Poesia. Organização de Darcy Damasceno. Rio de Janeiro: Agir, 1974.

Elegias. Ilustrações de Aldemir Martins. Rio de Janeiro: Alumbramento, 1974.

Flores e canções. Ilustrações de Maria Helena Vieira da Silva. Rio de Janeiro: Confraria dos Amigos do Livro, 1979.

Cecília Meireles: literatura comentada. Organização de Norma Seltzer Goldstein e Rita de Cássia Barbosa. São Paulo: Abril, 1982.

Viagem/Vaga música. Rio de Janeiro: Nova Fronteira, 1982.

Viagem e Vaga música. São Paulo: Fundação Nestlé de Cultura, 1982.

Mar absoluto/Retrato natural. Rio de Janeiro: Nova Fronteira, 1983.

Romanceiro da Inconfidência/Crônica trovada da cidade de Sam Sebastiam. Rio de Janeiro: Nova Fronteira, 1983.

Os melhores poemas. Organização de Maria Fernanda. São Paulo: Global, 1984.

Doze noturnos da Holanda e outros poemas. Rio de Janeiro: Nova Fronteira, 1986.

Verdes reinos encantados. Organização de Maria Fernanda. Rio de Janeiro: Salamandra, 1988.

Poesia completa. Organização de Walmir Ayala. Rio de Janeiro: Nova Aguilar, 1994.

Poesia completa. Rio de Janeiro: Nova Fronteira, 1997. 4 v.

Poesia completa. Organização de Antonio Carlos Secchin. Rio de Janeiro: Nova Fronteira, 2001. 2 v.

Espectros. Edição fac-similar. Rio de Janeiro: Nova Fronteira, 2001.

Amor em Leonoreta/Doze noturnos da Holanda & O Aeronauta/ Poemas escritos na Índia/Pequeno oratório de Santa Clara/ Pistoia, cemitério militar brasileiro. Rio de Janeiro: Nova Fronteira, 2001.

Romanceiro da Inconfidência. Ilustrações de Renina Katz. São Paulo: Edusp/Imprensa Oficial, 2004.

Solombra/Sonhos/Poemas de viagens. Rio de Janeiro: Nova Fronteira, 2005.

O estudante empírico/Ou isto ou aquilo/Crônica trovada da cidade de Sam Sebastiam do Rio de Janeiro. Rio de Janeiro: Nova Fronteira, 2005.

Palavras e pétalas. Organização de Antonio Carlos Secchin. Rio de Janeiro: Desiderata, 2008.

Cecília de bolso: uma antologia poética. Organização de Fabrício Carpinejar. Porto Alegre: L&PM pocket, 2008.

Romanceiro da Inconfidência: edição comemorativa - 60 anos. Organização de André Seffrin. São Paulo: Global, 2013.

Pequeno oratório de Santa Clara/Romance de Santa Cecília/Oratório de Santa Maria Egipcíaca. São Paulo: Global, 2014.

Pistoia, cemitério militar brasileiro. Edição fac-similar. São Paulo: Global, 2016.

Melhores poemas Cecília Meireles. Organização de André Seffrin. São Paulo: Global, 2016.

Poesia completa. Organização de André Seffrin. São Paulo: Global, 2017. 2v.

Poesia traduzida

Poèmes. Tradução de Mélot du Dy, com ilustrações de Mike Podulke. La Haye, 1953 (Folheto).

Poésie. Tradução de Gisèle Szlezinger Tygel. Paris: Seghers, 1967.

Poésie. Edição de luxo, com ilustrações de Maria Helena Vieira da Silva. Paris: Seghers, 1967.

Antologia poética (1923-45). Tradução de Gastón Figueira. Montevidéu: Cuadernos "Poesía de América", 1947 (Folheto).

Antologia poética. Org. de Francisco da Cunha Leão e David Mourão-Ferreira. Lisboa: Guimarães, 1968.

Poems in translation. Tradução de Henry Keith e Raymond Sayers. Washington: Brazilian-American Cultural Institute, 1977.

Mapa falso y otros poemas. Tradução de Estela dos Santos. Montevidéu: Calicanto, 1979.

Poemas. Tradução de Ricardo Silva-Santisteban. Lima: Centro de Estudios Brasileños, 1979.

La materia del tiempo. Tradução de Maricela Terán. México: Premia, 1983.
Nostalgie romane. Tradução de Mercedes La Valle. Palermo: Italo-Latino Americana Palma, 1991.
Mare assoluto e altre poesie. Tradução de Mirella Abriani. Milão: Lineacultura, 1997.
Antologia poética. Lisboa: Relógio D'Água, 2002.
Travelling and meditating: poems written in India and other poems. Tradução indiana e inglesa de Rita R. Sanyal e Dilip Loundo. Nova Delhi: Embassy of Brazil, 2003.
O instante existe. Cascais: Arteplural, 2003.
Romanceiro da Inconfidência. Lisboa: Relógio D'Água, 2008.

Em antologias estrangeiras

Antologia de poetas brasileños de ahora (Primera Serie). Seleção e tradução de Alfonso Pintó. Barcelona: João Cabral de Melo Neto impressor, s/d.
Anthologie de la poésie ibéro-américaine. Seleção, introdução e notas de Federico de Onís. Tradução de Armand Guibert. Paris: Nagel, 1956.
Un demi siècle de poésie. Tradução de Mélot du Dy. Lausanne. La Concorde: 1952.
La poésie brésilienne contemporaine. Introdução, seleção e tradução de A. D. Tavares Bastos. Paris: Seghers, 1966.
Atlantische Landschaft. Introdução, seleção e tradução de Wolf Bergman. Hamburg: Heinrich Ellermann, 1951.
Schwan im Schatten. Tradução de Albert Theile. Münchem: Langen-Müller, 1955.
Modern Brazilian Poetry, and Anthology. Introdução, seleção e tradução de John Nist. Bloomongton: Indiana University Press, 1962.
Manuel Bandeira, Cecília Meireles, Carlos Drummond de Andrade, Tres edades en la poesia brasileña actual. Estudo, antologia

e tradução de Cipriano S. Vitureira. Montevidéu: A.C.E.B.U., 1952 (Folheto).

Seis poetas contemporaneos del Brasil. Tradução de Manuel Graña. La Paz: Cuadernos Brasileños, Embajada del Brasil, s/d (Folheto).

9 poetas nuevos del Brasil. Seleção e tradução de Enrique Bustamante y Ballivian. Lima, 1930 (Folheto).

Poesia del Brasil. Seleção e tradução de Carmen Abalos e Graciela Fuensalida. Santiago, *Revista Orfeo*, n. 15-16.

Brazilia Uzon. Tradução de Paulo Rónai. Budapest: Brazil Költök, 1939.

Em revistas e jornais literários

"Os mortos". *Lírica 14-15, quaderni della poesia europea ed americana*. Tradução anônima. Gênova, Emiliano Degli Orfini, 1937.

"Pequena canção", "Regresso" e "Canção do deserto". *Mercurio Peruano*, ano XV, v. XXII, nº 155. Lima, jan. 1940. Tradução de Yolanda Rivarola.

"Words in the sand" e "Song". *Life and Letters Today*, v. XXXVIII, nº 71, jul. 1943. Tradução de Isabel do Prado e Norman Fraser, respectivamente.

"Doce cantar" e "Lamento do oficial por seu cavalo morto". *Orbe*, ano II, nº 5, México DF, 1 mar. 1946. Tradução de J. Carner.

"Elégie sur la mort de Gandhi". *Les Cahiers de l'Est 2-3*, Beirute, 1948. Tradução de Mélot du Dy.

"Elegia a Gandhi". *Kultura*, São Paulo, 1953. Tradução para o húngaro de Paulo Rónai.

"Epigrama nº 8". *Intercâmbio*, n. 1-3, ano XIII, 1955. Tradução anônima para o alemão.

"Portret" *De Gids*, ns. 8-9. Amsterdam, ago.-set. 1957. Tradução de Dolf Verspoor.

"20 poesias escolhidas". *Intercâmbio*, n. 10-12, ano XVII, 1959. Tradução para o alemão de "Tomaz".

"Arco", "Abitanti di Roma", "Fontana di Trevi", "Cave canem" e "Quelche mi disse il morto di Pompei". *Il Giornale dei Poeti*, ano VII, n. 3-4. Roma, abr.-jun. 1960. Tradução de Mercedes La Valle.

"Poemas infantiles". *Anales*, v. XXXIII, n. 10-12. Montevidéu, Imprenta Nacional, out.-dez. 1966. Tradução de Haydée Brun Mondoutey.

Sua poesia foi traduzida para o alemão (Wolf Bergmann); o espanhol (Elejabeytia e Adriano del Valle, na Espanha; G. Seguel, no Chile; Clubow, na Argentina; e Haydée Brun, J. P. Valdés e G. Figueira, no Uruguai); o francês (Mélot du Dy, Tavares Bastos e Gisèle Szlezinger Tygel); o húngaro (Paulo Rónai); o inglês (B. Blackstone e John Mist); o italiano (Malpassuti, Spinelli, Luigi Fiorentino e Mercedes La Valle); línguas orientais, o hindu e o urdu.

Teatro

O menino atrasado. Edição comemorativa do 25º aniversário de fundação da editora. Auto de Natal musicado por Luis Cosme e apresentado por vários grupos em vários colégios. Rio de Janiero: Livros de Portugal, 1966.

A nau catarineta. Peça folclórica escrita para teatro de marionetes. Rio de Janeiro, 1946 (Mimeografada).

O ás de ouros. Sombras. O jardim. Oratório de Santa Maria egipcíaca (peças inéditas).

Prosa poética

Olhinhos de gato. Lisboa, *Revista Ocidente*, v. III, n. 7-8; v. IV, n. 9-10--11; v. V, nº 12; v. VI, n. 15-16, v. VII, n. 17-18-19; v. VIII, n. 20 e 23. São Paulo: Moderna, 1980. São Paulo: Global, 2015.

Evocação lírica de Lisboa. Lisboa: separata da revista Atlântico, 1948.

Giroflé, Giroflá. Rio de Janeiro: Civilização Brasileira, 1956. São Paulo: Global, 2015.
Eternidade de Israel. Rio de Janeiro: Centro Cultural Brasil-Israel, 1959.
Diário de bordo. São Paulo: Global, 2015.

Crônica

Escolha o seu sonho. Rio de Janeiro: Record, 1964. São Paulo: Global, 2016.
Quadrante 1. Em parceria com Carlos Drummond de Andrade, Manuel Bandeira, Dinah Silveira de Queiroz, Fernando Sabino, Paulo Mendes Campos, Rubem Braga. Rio de Janeiro: Editora do Autor, 1962.
Quadrante 2. Em parceria com Carlos Drummond de Andrade, Manuel Bandeira, Dinah Silveira de Queiroz, Fernando Sabino, Paulo Mendes Campos, Rubem Braga. Rio de Janeiro: Editora do Autor, 1963.
Vozes da cidade. Em parceria com Carlos Drummond de Andrade, Manuel Bandeira, Genolino Amado, Henrique Pongetti, Maluh de Ouro Preto, Rachel de Queiroz. Rio de Janeiro: Record, 1965.
Inéditos. Rio de Janeiro: Bloch, 1967.
Ilusões do mundo. Rio de Janeiro: Nova Aguilar, 1976. São Paulo: Global, 2013.
O que se diz e o que se entende. Rio de Janeiro: Nova Fronteira, 1980. São Paulo: Global, 2016.
Janela mágica. São Paulo: Moderna, 1981. São Paulo: Global, 2016.
Quatro vozes. Em parceria com Carlos Drummond de Andrade, Manuel Bandeira, Rachel de Queiroz. Rio de Janeiro: Record, 1984.
Obra em prosa – crônicas em geral: tomo 1. Org. de Leodegário A. de Azevedo Filho. Rio de Janeiro: Nova Fronteira, 1998.

Crônicas de viagem (obra em prosa). Org. de Leodegário A. de Azevedo Filho. Rio de Janeiro: Nova Fronteira, 1998/1999. São Paulo: Global, 2016. 3 v.

Crônicas de educação (obra em prosa). Org. de Leodegário A. de Azevedo Filho. Rio de Janeiro: Nova Fronteira, 2001. São Paulo: Global, 2016. 5 v.

Melhores crônicas. Org. de Leodegário A. de Azevedo Filho. São Paulo: Global, 2003.

Episódio humano: prosa 1929-1930. Rio de Janeiro: Desiderata/Batel, 2007.

Crônicas para jovens. Org. de Antonieta Cunha. São Paulo: Global, 2012.

Ensaios e conferências

Saudação à menina de Portugal. Conferência pronunciada no Real Gabinete Português de Leitura. Rio de Janeiro, 14 ago. 1930 (Folheto com ilustrações de Correia Dias).

Leituras infantis. Rio de Janeiro: Oficina Gráfica do Departamento de Educação, 1934.

O espírito vitorioso. Tese para o concurso da cadeira de Literatura da Escola Normal do Distrito Federal. Rio de Janeiro, Anuário do Brasil, 1929 [2ª edição, 1934].

Notícia da poesia brasileira. Coimbra: Biblioteca Geral da Universidade, 1935 (Folheto).

Batuque, samba e macumba. Lisboa: separata da revista *Mundo Português*, 1935.

Poetas novos de Portugal. Seleção e prefácio de Cecília Meireles. Rio de Janeiro, Edições Dois Mundos, 1944.

Rui: pequena história de uma grande vida. Rio de Janeiro: Casa de Rui Barbosa, 1949.

Problemas da literatura infantil. Belo Horizonte: Imprensa Oficial, 1951. São Paulo: Global, 2016.

"Comunicação" feita no Congresso sobre a obra de Mahatma Gandhi, na Índia, sem título. In: *Gandhian Outlook and Tecniques*. Nova Delhi: Ministry of Education, 1953.

Panorama folclórico dos Açores: especialmente da Ilha de S. Miguel. Ponta Delgada: Instituto Cultural da Ponta Delgada, 1955.

"O elemento oriental em García Lorca". Conferência comemorativa do vigésimo aniversário da morte do poeta, pronunciada na Fundação Dulcina de Moraes [Fundação Brasileira de Teatro], Rio de Janeiro, em 1956.

3 conferências sobre cultura hispano-americana. Em parceria com Manuel Bandeira e Augusto Tamayo Vargas. Rio de Janeiro: Ministério da Educação e Cultura/Serviço de Documentação/Departamento de Imprensa Nacional, 1959.

"Expressão feminina da poesia na América". In: *Três conferências sobre cultura hispano-americana* (Coleção Cadernos de Cultura). Rio de Janeiro: Ministério da Educação e Cultura, 1959.

"O folclore na literatura brasileira". Conferência pronunciada em Porto Alegre, em 1957.

Tagore and Brazil. Nova Delhi: Sahitya Akademy, 1961.

Rabindranath Tagore and the East West Unity. Brazilian National Comission for Unesco. Rio de Janeiro: Departamento de Imprensa Nacional, 1962.

Artes populares: as artes plásticas no Brasil. Rio de Janeiro: Ediouro, 1968.

Notas de folclore gaúcho-açoriano. Rio de Janeiro: Cadernos do Folclore 3/Ministério da Educação e Cultura/Campanha de Defesa do Folclore Brasileiro, 1968.

Batuque, samba e macumba: estudos de gesto e de ritmo 1926-1934. Rio de Janeiro: Funarte/Instituto Nacional do Folclore, 1983. São Paulo: Global, 2017.

Três poetas brasileiros apaixonados por Fernando Pessoa. Em parceria com Murilo Mendes e Lúcio Cardoso. Org. de Edson

Nery da Fonseca. Recife: Massangana/Fundação Joaquim Nabuco, 1985.

Gabriela Mistral & Cecília Meireles: ensaios de Cecília Meireles e Adriana Valdés. Org. de Alberto da Costa e Silva e Ernesto Livacic. Rio de Janeiro/Santiago do Chile: Academia Brasileira de Letras/Academia Chilena de la Lengua, 2003. (Edição bilíngue.)

A Bíblia na poesia brasileira. Rio de Janeiro: Centro Cultural Brasil-Israel, s/d (Folheto).

"Gandhi". In: *Quatro apóstolos modernos*. Coleção Grandes Vocações. São Paulo: Donato Editora, s/d.

"Sarojini Nidu". Conferência acompanhada de traduções da obra dessa poetisa indiana, s/d.

Sobre Eça de Queirós, Júlio Dinis, Antero de Quental, Camões, João Ribeiro, Tomás Antônio Gonzaga e Gabriela Mistral, em sessões oficiais, s/d.

Além de inúmeras conferências sobre: Lisboa; Índia, Gandhi e Tagore; Israel; problemas de literatura infantil e de folclore; bem como sobre literatura brasileira e assuntos de educação e teatro, realizadas no Rio de Janeiro, Minas Gerias, Porto Alegre, Lisboa, Holanda (Utrecht), Estados Unidos, Porto Rico, Uruguai etc.

Artigos

De 1930 a 1934 colaborou no *Diário de Notícias*, do Rio de Janeiro, redigindo uma página diária especializada em problemas de educação. Entre 1953 e 1959, colaborou no "Suplemento Literário" desse *Diário*. *A Manhã*, do Rio de Janeiro, publicou durante dois anos (1942-1944) um longo estudo de folclore infantil comparado feito por Cecília Meireles, além de colaborações várias, em prosa, no seu "Suplemento Literário". Cecília colaborou, ainda, nos seguintes jornais e revistas: *A Nação, Folha Carioca, Diários Associados, A Noite e a Cigarra*. De 1963 a 1964 publicou semanalmente uma crônica na *Folha de S.Paulo*.

Livros didáticos

Criança, meu amor... (Livro adotado pela Diretoria Geral de Instrução Pública do Distrito Federal e aprovado pelo Conselho Superior de Ensino dos Estados de Minas Gerais e Pernambuco.) Ilustrações de Correia Dias. Rio de Janeiro: Anuário do Brasil, 1924 [2ª edição, 1927]. São Paulo: Global, 2013.

Rute e Alberto resolveram ser turistas (Matéria do Programa de Ciências Sociais do 3º ano elementar). Porto Alegre: Globo, 1939.

Rute e Alberto (Adaptado para o ensino da língua portuguesa). Boston, D.C.: Heath, 1945.

Traduções publicadas

As mil e uma noites. Rio de Janeiro: Anuário do Brasil, [1926]. 3 v.

Os mitos hitleristas – problemas da Alemanha contemporânea, de François Perroux. São Paulo: Companhia Editora Nacional, 1937.

A canção de amor e de morte do porta-estandarte Cristóvão Rilke, de Rainer Maria Rilke. Rio de Janeiro, *Revista Acadêmica*, 1947. Porto Alegre: Globo, 1953.

Orlando, de Virginia Woolf. Porto Alegre: Globo, 1948.

Os caminhos de Deus, de Kathryn Hulne. Rio de Janeiro: Seleções do *Reader's Digest*, 1958.

Amado e glorioso médico, de Taylor Caldwell. Rio de Janeiro: Seleções do *Reader's Digest*, 1960.

Bodas de sangue, de Federico García Lorca. Rio de Janeiro: Agir, 1960.

Rabindranath Tagore: homenagem. Número especial do boletim quinzenal *Da Índia distante*. Rio de Janeiro: Embaixada da Índia, 1961.

Sete poemas de Puravi, Minha bela vizinha, Conto, Mashi e *O carteiro do rei* (este último traduzido para representação especial no teatro indiano), de Rabindranath Tagore (Edição comemorativa do centenário de nascimento do autor). Rio de Janeiro: Ministério da Educação e Cultura, 1961.

Çaturanga, de Rabindranath Tagore. Coleção Prêmios Nobel Literatura. Rio de Janeiro: Delta, 1962.

Poesia de Israel. Ilustrações de Portinari. Rio de Janeiro: Civilização Brasileira, 1962.

Rabindranath Tagore. Em parceria com Abgar Renault e Guilherme de Almeida. Rio de Janeiro: Ministério da Educação e Cultura/ Serviço de Documentação, 1962.

Yerma, de Federico García Lorca. Rio de Janeiro: Agir, 1963.

"Latife", de Moshé Smilansky. In: *Antologia da literatura hebraica moderna*. Rio de Janeiro: Biblos, 1969.

Poemas chineses, de Li Po e Tu Fu. Rio de Janeiro: Nova Fronteira, 1996.

Um hino de Natal, de Charles Dickens. Rio de Janeiro/São Paulo: Seleções do *Reader's Digest*, s/d. São Paulo: Global, 2012.

Não publicadas

A dama da madrugada, de A. Casona. Representada no Teatro Universitário do Rio de Janeiro.

Antigone, de J. Anouilh.

D. Juan, de Pushkin. Representada na Cultura Inglesa do Rio de Janeiro em teatro de marionetes.

Peer Gynt, de Ibsen.

Peléas et Melisande, de Maeterlinck. Levada a cena no Teatro Municipal do Rio de Janeiro pelo grupo dos "Comediantes".

Santa Joana, peça de Bernard Shaw.

II. ESTUDOS, ARTIGOS E REPORTAGENS SOBRE A AUTORA

Alemán, Mário A. Rodrigues. "Cecília Meireles", *Revista Cubana*, Havana, 1948.

Ameal, João. "Rumos do espírito", *Cultura*, suplemento literário do *Diário da Manhã*, Lisboa, 2 jul. 1946.

Andrade, Carlos Drummond de. "Cecília Meireles". *In*: *O observador no escritório*. Rio de Janeiro: Record, 1985.

Andrade, Carlos Drummond de. "Deusa em novembro". *In*: *O poder ultrajovem e mais 79 textos em prosa e verso*. Rio de Janeiro: José Olympio, 1972.

Andrade, Carlos Drummond de. "Retrato natural", *Jornal de Letras*, RJ, 1949.

Andrade, Mário de. "Cecília Meireles e a poesia". *In*: *O empalhador de passarinho*. São Paulo: Martins, 1946.

Azevedo Filho, Leodegário A. de. *Poesia e estilo de Cecília Meireles: a pastora de nuvens*. Rio de Janeiro: José Olympio, 1970.

Azevedo Filho, Leodegário A. de (Org.). "Cecília Meireles". *In*: *Poetas do modernismo: antologia crítica*. Brasília: Instituto Nacional do Livro, 1972. v. 4.

Azevedo Filho, Leodegário A. de. "Sobre a obra em prosa de Cecília Meireles". *In*: *Ensaios de literatura brasileira*. Rio de Janeiro: H. P. Comunicação, 2007.

Bandeira, Manuel. *Apresentação da poesia brasileira*. Rio de Janeiro: Casa do Estudante do Brasil, 1946. São Paulo: Cosac Naify, 2009.

Bandeira, Manuel. "Improviso". *In*: *Belo belo*. São Paulo: Global, 2014.

Barros, Jaime de. "Vaga música", *Estado de Minas*, Belo Horizonte, 13 set. 1942. [Reproduzido em *Poetas do Brasil*. Rio de Janeiro: José Olympio, 1944].

Barros, João de. "*Mar absoluto*", *Diário de Lisboa*, Lisboa, 27 set. 1946.

Benítez, Justo Pastor. "O retrato de uma poetisa", *O Jornal*, RJ, ago. 1949.

Bergmann, Wolf. "Gedichte aus Portugal und Brasilien", *Die Tat*, Zürich, 11 jun. 1949.

Bettencourt, Rebelo. "Cecília Meireles — A grande poetisa brasileira é neta de açorianos", *Jornal do Fundão*, Fundão, 2 abr. 1950.

Blackstone, Bernard. "Três poetas vivos do Brasil", *Vida*, RJ, jan. 1948.

Bloch, Pedro. *Cecília Meireles. Entrevista: vida, pensamento e obra de grandes vultos da cultura brasileira*. Rio de Janeiro: Bloch, 1989.

Bosi, Alfredo. "Cecília Meireles". *In*: História concisa da literatura brasileira. São Paulo: Cultrix, 1970.

Bosi, Alfredo. "Em torno da poesia de Cecília Meireles". *In*: *Céu, inferno: ensaios de crítica literária e ideológica*. São Paulo: Duas Cidades/Editora 34, 2003.

Brito, Mário da Silva. "Cecília Meireles". *In*: *Panorama da poesia brasileira: o modernismo*. Rio de Janeiro: Civilização Brasileira, 1959, v. 6.

Bruges, José. "Da cor do tempo", *Diário Popular*, Lisboa, 21 set. 1949.

Bustamante, E. y Ballivián. *9 poetas nuevos del Brasil* (Prefácio e antologia). Lima, 1930.

Campos, Paulo Mendes. "Sempre houve crises", *Diário Carioca*, RJ, 16 nov. 1947.

Candido, Antonio; Castello, José Aderaldo (Org.). *Cecília Meireles. Presença da literatura brasileira 3: Modernismo*. 2ª ed. São Paulo: Difusão Europeia do Livro, 1967.

Carpeaux, Otto Maria. "Cecília Meireles". *In*: *Pequena bibliografia crítica da literatura brasileira*. Rio de Janeiro: Ministério da Educação e Cultura/Serviço de Documentação, 1955.

Carvalho, Rui Galvão de. "A açorianidade na poesia de Cecília Meireles", *Revista Ocidente*, v. XXXIII, Lisboa, 1947.

Castello, José Aderaldo. "O Grupo Festa". *In*: *A literatura brasileira: origens e unidade*. São Paulo: Edusp, 1999, v. 2.

Castro, Marcos de. "Bandeira, Drummond, Cecília, os contemporâneos". *In*: *Caminho para a leitura*. Rio de Janeiro: Record, 2005.

Coelho, Nelly Novaes. "O 'eterno instante' na poesia de Cecília Meireles". *In*: *Tempo, solidão e morte*. São Paulo: Conselho Estadual de Cultura/Comissão e Literatura, 1964.

Coelho, Nelly Novaes. "Cecília Meireles". In: *Dicionário crítico de escritoras brasileiras: 1711-2001*. São Paulo: Escrituras, 2002.

Coelho, Nelly Novaes. "Cecília Meireles". In: *Dicionário crítico da literatura infantil e juvenil brasileira*. São Paulo: Nacional, 2006.

Coelho, Nelly Novaes. "O eterno instante na poesia de Cecília Meireles". In: *A literatura feminina no Brasil contemporâneo*. São Paulo: Siciliano, 1993.

Correia, João da Silva. "Discurso de apresentação de Cecília Meireles na Faculdade de Letras de Lisboa", *Revista da Faculdade de Letras da Universidade de Lisboa*, tomo IV, n. 1-2, Lisboa, 1937.

Correia, Roberto Alvim. *Anteu e a crítica*. Rio de Janeiro: José Olympio, 1948.

Coutinho, Afrânio. "*As cartas chilenas*", *Diário de Notícias*, RJ, 13 jun. 1954.

Damasceno, Darcy. "A propósito das canções de Cecília Meireles", *Para Todos*, n. 19-20, fev.-mar. 1957.

Damasceno, Darcy. *Cecília Meireles: o mundo contemplado*. Rio de Janeiro: Orfeu, 1967.

Damasceno, Darcy. *De Gregório a Cecília*. Org. de Antonio Carlos Secchin e Iracilda Damasceno. Rio de Janeiro: Galo Branco, 2007.

Damasceno, Darcy. "Do cromatismo na poesia de Cecília Meireles", *Ensaio*, n. 3, v. I, RJ, mar.-jun. 1953.

Delgado, Luís. "Poesia", *Jornal do Comércio*, Recife, 11 nov. 1945.

Dy, Mélot du. "Cecília Meireles", *Synhthèses*, n. 5, Bruxelas, 1947.

E. B. "Poesia", *A Cigarra*, RJ, jan. 1947.

Elejabeytia, Dictinio de Castillo. "*Cecília Meireles - Poetisa brasileña*", *Correo Literario*, Madri, 15 jul. 1953.

Fagundes, Lygia. "Cecília Meireles", *A Balança*, n. 12, Faculdade de Direito da Universidade de São Paulo, SP, jul. 1942.

Faustino, Mário. "O livro por dentro". In: *De Anchieta aos concretos*. Org. de Maria Eugênia Boaventura. São Paulo: Companhia das Letras, 2003.

Figueira, Gastón. "Escritores brasileños", *Las Américas*, Nova York, maio 1943.

Figueira, Gastón. *Poesía brasileña contemporanea (1920-1946). Crítica e antologia*. Montevidéu: Instituto de Cultura Uruguayo-Brasileño, 1947.

Figueira, Gastón. "*Poetas y prosistas de América – Cecília Meireles*", *La Mañana*, Montevidéu, 11 jan. 1948.

Figueiredo, Armando. "Cecília Meireles traz-nos poesia do Brasil", *Diário de Luanda*, Luanda, 25 maio 1947.

Freire, Natércia. "Poetisas do Brasil", *Atlântico, Revista Luso-Brasileira*, 3ª série, n. 3, Lisboa, 1950.

Freire, Natércia. "Amor em Leonoreta", *Diário da Manhã*, Lisboa, 9 mar. 1952.

Goldstein, Norma Seltzer. *Roteiro de leitura: Romanceiro da Inconfidência de Cecília Meireles*. São Paulo: Ática, 1988.

Gomes, Agostinho. "Nota à margem da Obra de Cecília Meireles", *Brasília*, Coimbra, 1946.

Gouvêa, Leila V. B. (Org.). *Ensaios sobre Cecília Meireles*. São Paulo: Humanitas/Fapesp, 2007.

Gouvêa, Leila V. B. *Pensamento e "lirismo puro" na poesia de Cecília Meireles*. São Paulo: Edusp, 2008.

Grieco, Agripino. *Evolução da poesia brasileira*. 3ª ed. Rio de Janeiro: José Olympio, 1947.

Guimaraens Filho, Alphonsus de. "Excursão pela poesia", *O Diário*, Belo Horizonte, 12 jan. 1946.

Hansen, João Adolfo. *Solombra ou A sombra que cai sobre o eu*. São Paulo: Hedra, 2005.

Junqueira, Ivan. "As raízes da 'vaga música' ceciliana". *In: Cinzas do espólio: ensaios*. Rio de Janeiro: Record, 2009.

Lamego, Valéria. *A farpa na lira: Cecília Meireles na Revolução de 30*. Rio de Janeiro: Record, 1996.

Leão, Cunha. "Um caso de poesia absoluta", *Folha do Norte*, Belém, 10 abr. 1949.

Leite, Ascendino. "Cecília e a poesia", *Letras e Artes*, suplemento literário de *A Manhã*, RJ, 4 maio 1948.

Lima Júnior, Augusto de. "O *Romanceiro da Inconfidência*", *Jornal do Brasil*, RJ, 26 fev. 1954.

Lins, Álvaro. "Dois poetas e uma poetisa", *Correio da Manhã*, RJ, 15 fev. 1946. [Reproduzido no *Jornal de Crítica*, 5ª série. Rio de Janeiro: José Olympio, 1947.]

Lisboa, Henriqueta. "Galeria poética", *Diário de Minas*, Belo Horizonte, 2 out. 1949.

Machado Filho, Aires da Mata. "História e poesia", *O Diário*, Belo Horizonte, 11 out. 1953.

Maranhão, Haroldo. "Cecília Meireles fala à *Folha do Norte*", *Folha do Norte*, Belém, 10 abr. 1949.

Marise, Leila. "Pujança de tragédia grega no *Romanceiro da Inconfidência*", *Última Hora*, SP, 21 fev. 1953.

Martins, Wilson. "Lutas literárias (?)". In: *O ano literário: 2002-2003*. Rio de Janeiro: Topbooks, 2007.

Melo, Pedro Homem de. "Cecília Meireles — Poetisa portuguesa do Brasil", *Jornal de Notícias*, Porto, 9 maio 1949.

Mendes, Murilo. "Murilograma a Cecília Meireles". In: *Convergência*. São Paulo: Livraria Duas Cidades, 1970.

Mendes, Oscar. "Poetas novos de Portugal", *O Diário*, Belo Horizonte, 26 ago. 1945.

Meneses, Fagundes de. "Silêncio e solidão — Dois fatores positivos na vida da poetisa", *Manchete*, RJ, 3 out. 1953.

Milliet, Sergio. *Panorama da moderna poesia brasileira*. Rio de Janeiro: Ministério da Educação e Saúde/Serviço de Documentação, 1952.

Moisés, Massaud. "Cecília Meireles". In: *História da literatura brasileira: Modernismo*. São Paulo: Cultrix, 1989.

Monje, Humberto Vizcarra. "Cecília Meireles", *La Razón*, La Paz, 22 dez. 1946.

Moura, Murilo Marcondes de. "A prosa de Cecília". *Folha de S.Paulo*, SP, 12 set. 1998.

Moura, Murilo Marcondes de. "Cecília Meireles". In: *O mundo sitiado: a poesia brasileira e a Segunda Guerra Mundial*. São Paulo: Editora 34, 2016.

Navarro, Raul. "*Cecília Meireles – Voz lírica del Brasil*", *Saber Vivir*, n. 77, Buenos Aires, mar.-abr. 1948.

Nemésio, Vitorino. "Esta sou eu — A inúmera", *Diário Popular*, Lisboa, 2 maio 1945.

Nemésio, Vitorino. "Um livro de Cecília Meireles", *Diário Popular*, Lisboa, 3 ago. 1949.

Olinto, Antônio. "*Rui: pequena história de uma grande vida*", *O Globo*, RJ, 28 mar. 1950.

Oliveira, Ana Maria Domingues de. *Estudo crítico da bibliografia sobre Cecília Meireles*. São Paulo: Humanitas/USP, 2001.

Osório, João de Castro. "Cecília Meireles", *Tribuna da Imprensa*, 15 abr. 1950.

Paes, Iêdo de Oliveira. *Ecos do arcadismo no Romanceiro da Inconfidência*. Recife: Flamboyant, 2002.

Paes, José Paulo. "Poesia nas alturas". In: *Os perigos da poesia e outros ensaios*. Rio de Janeiro: Topbooks, 1997.

Paraense, Sílvia. *Cecília Meireles: mito e poesia*. Santa Maria: UFSM, 1999.

Pereira Filho, Genésio. "A poesia de Cecília Meireles", *A Balança*, n. 14, Faculdade de Direito da Universidade de São Paulo, SP, 14 set. 1942.

Picchia, Menotti Del. "*Vaga música*", *A Manhã*, RJ, 1º ago. 1942.

Pimentel, Osmar. "Cecília e a poesia", *Diário de São Paulo*, SP, 6 nov. 1943.

Pla, Josefina. "*Interpretando al Brasil – Poetas brasileños*", *La Tribuna*, Buenos Aires, 5 ago. 1952.

Queirós, Carlos. "Acerca do último livro de poemas de Cecília Meireles: *Mar absoluto*", *Atlântico, Revista Luso-Brasileira*, Nova Série, n. 3, Lisboa, 1947.

Ramos, Jorge. "Poetisas e escritores do Brasil — Cecília Meireles", *Lar*, n. 5, Lisboa, 1950.

Ramos, Péricles Eugênio da Silva. "Cecília Meireles". In: *A literatura no Brasil*. (Direção de Afrânio Coutinho), v. III. Rio de Janeiro: Editorial Sul-Americana, 1958.

Rebelo, Luís Francisco. "Ato de compreensão", *Diário Popular*, Lisboa, 31 ago. 1944.

Rego, José Lins do. "*Rui: pequena história de uma grande vida*", *Diário de Notícias*, Porto Alegre, 1º nov. 1950.

Ricardo, Cassiano. "O prêmio de poesia da Academia", *Dom Casmurro*, RJ, 22 abr. 1939.

Rónai, Paulo. "Ceciliana". In: *Pois é*. Rio de Janeiro: José Olympio, 2014.

Rónai, Paulo. "*Mar absoluto*", *Perspectiva*, Belo Horizonte, fev. 1947.

Rónai, Paulo. "O conceito de beleza em *Mar absoluto*". In: *Encontros com o Brasil*. Rio de Janeiro: Batel, 2009.

Rónai, Paulo. "Uma impressão sobre a poesia de Cecília Meireles". In: *Encontros com o Brasil*. Rio de Janeiro: Batel, 2009.

Sampaio, Nuno de. "O purismo lírico de Cecília Meireles", *O Comércio do Porto*, Porto, 16 ago. 1949.

Secchin, Antonio Carlos. "Cecília: a incessante canção". In: *Escritos sobre poesia & alguma ficção*. Rio de Janeiro: EdUERJ, 2003.

Secchin, Antonio Carlos. "Uma obra em trânsito". In: *Escritos sobre poesia & alguma ficção*. Rio de Janeiro: EdUERJ, 2003.

Secchin, Antonio Carlos. "O enigma Cecília Meireles". In: *Memórias de um leitor de poesia & outros ensaios*. Rio de Janeiro: Topbooks/Academia Brasileira de Letras, 2010.

Secchin, Antonio Carlos. "Poesia completa, de Cecília Meireles: a edição do centenário". In: *Escritos sobre poesia & alguma ficção*. Rio de Janeiro: EdUERJ, 2003.

Secchin, Antonio Carlos. "Cecília Meireles e os poemas escritos na Índia". In: *Memórias de um leitor de poesia & outros ensaios*. Rio de Janeiro: Topbooks/Academia Brasileira de Letras, 2010.

Silva, Domingos de Carvalho da. "Verso, ritmo e expressão em Cecília Meireles", *Correio Paulistano*, SP, 7 dez. 1952.

Silveira, Tasso da. "*Romanceiro da Inconfidência*", *Singra*, n. 70, RJ, 1953.

Simões, João Gaspar. "Fonética e poesia ou o *Retrato natural* de Cecília Meireles", *Letras e Artes*, suplemento literário de *A Manhã*, RJ, 20 ago. 1950.

Valdés, Ildefonso Pereda. "*La poesía de Cecília Meireles*", *Arte y Cultura Popular*, Universidad de Montevideo, abr.-nov. 1932.

Verissimo, Erico. "Entre Deus e os oprimidos". In: *Breve história da literatura brasileira*. São Paulo: Globo, 1995.

Vieira, José Geraldo. "*Mar absoluto* de Cecília Meireles", *Folha da Manhã*, SP, 20 jan. 1946.

Villaça, Antonio Carlos. "Cecília Meireles: a eternidade entre os dedos". *In: Tema e voltas*. Rio de Janeiro: Hachette, 1975.

Vita, Dante Alighieri. "O som e a cor na poesia de Cecília Meireles", *Nação Brasileira*, RJ, ago. 1953.

Vitureira, Cipriano S. "*Manuel Bandeira, Cecília Meireles, Carlos Drummond de Andrade – Tres edades en la poesia brasileña actual*". Asociación Cultural Estudantil Brasil-Uruguay (A.C.E.B.U.), 1952.

Zagury, Eliane. *Cecília Meireles*. Petrópolis: Vozes, 1973.

"Passou hoje em Lisboa Cecília Meireles", *Diário de Lisboa*, Lisboa, 15 out. 1951.

"Cecília Meireles Gaat een Boek Nederland Schrijven", *Algemeen Dagblad*, Woensdag, 7 nov. 1951.

"A poetisa Cecília Meireles esteve em São Miguel", *Ores*, Açores, 1º dez. 1951.

Composições musicais sobre poemas da autora

Babo, Lamartine. *Festa de Israel*.
Bacharat. *Música inédita*.
Bocchino, Alceu. *Cantar*.
Cosme, Luís. *A nau catarineta, O menino atrasado (auto de natal), Chorinho, Madrugada no campo, Modinha, Cantiga e Canção do arrozal*.
Figueiredo, Letícia. *Valentina, Esta arte de cortar flores, Josefina foi ao baile e Embolada da menina sozinha* (canções infantis).

Frazer, Norman. *Cinco canções de Cecília Meireles* ("Som", "Pausa", "Cantar", "Tentativa" e "Despedida").
Freitas, Enio. *Canção*.
Guarnieri, Camargo. *Cantata da Cidade de S. Sebastião do Rio de Janeiro*.
Mignone, Francisco. *Oratório de Santa Clara*.
Widma, Ernest. *Oratório de Santa Maria Egipcíaca*.

Índice de primeiros versos

A estrada — pó de açafrão que o vento desmancha 316
A flor que atiraste agora, ... 184
A mim, o que mais me doera, ... 258
A nau que leva ao degredo 278
A noite não é simplesmente um negrume sem
    margens nem direções 202
A tua raça de aventura 69
A vastidão desses campos. 238
A vida só é possível 100
Abraçava-me à noite nítida, ... 201
Agora é como depois de um enterro 69
Agora podeis tratar-me 213
Ah! menina tonta, ... 340
Ai daquele que é chegado 216
Ai, palavras, ai, palavras, ... 267
Alta noite, o pobre animal aparece no morro, em silêncio 105
Amanheceu pela terra 90
Ando à procura de espaço 84
Arco de pedra, torre em nuvens embutida, ... 333
Arrematai o machinho 269
As espumas desmanchadas 147
As ordens da madrugada 74
As ordens já são mandadas, ... 260
As orquídeas do mosteiro fitam-me com seus olhos roxos ... 310
Assim aos poucos vai sendo levada 309
Através de grossas portas, ... 244
Basta-me um pequeno gesto, ... 77
Bem sei que, olhando pra minha cara, ... 78
Bem-te-vi que estás cantando 76
Cantara ao longe Francisco, ... 287
Cantarão os galos, quando morrermos, ... 167

Cantemos também os frescos lençóis e as colchas brancas,	153
Caronte, juntos agora remaremos:	129
Cerrai-vos, olhos, que é tarde, e longe,	169
Cesto de peixes no chão	339
Chão verde e mole. Cheiros de selva. Babas de lodo	90
Chovem duas chuvas:	326
Cidadezinha perdida	71
Coisa que passas, como é teu nome?	92
Com desprezo ou com ternura,	217
Com que doçura esta brisa penteia	116
Como chegavas do casulo,	168
Como num sonho	119
Como os passivos afogados	291
Como trabalha o tempo elaborando o quartzo,	334
Conservo-te o meu sorriso	93
De que maneira chegaremos	296
De que são feitos os dias?	294
De um lado, a eterna estrela,	85
De Vila Rica ao Tejuco,	256
Deixai-me andar por muito tempo	171
Desejo uma fotografia	100
Deusa dos olhos volúveis	67
Dez bailarinas deslizam	170
Do teu nome não sabia,	190
Dos campos do Relativo	294
É a moda	339
E a noite passava sobre palácios e torres	204
E em redor da mesa, nós, viventes,	146
Eis que chega ao Serro Frio,	230
Eles eram muitos cavalos,	282
Eles vieram felizes, como	299
Em praias de indiferença	143
Entre o desenho do meu rosto	87
Era das águas, vinha das águas:	124

Escuto a chuva batendo nas folhas, pingo a pingo	157
Espadas frias, nítidas espadas,	118
Esta menina	342
Este é o lenço de Marília,	120
Estes meus tristes pensamentos	79
Estudo a morte, agora,	323
Eu canto porque o instante existe	65
Eu não tinha este rosto de hoje,	65
Eu, pastora, que apascento	184
Eu, sim. — Mas a estrela da tarde, que subia e descia o céu, cansada e esquecida?	135
Eu sou essa pessoa a quem o vento chama,	335
Falo de ti como se um morto apaixonado	333
Fiz uma canção para dar-te;	173
Foge por dentro da noite,	127
Foi desde sempre o mar	111
Foram montanhas? foram mares?	99
Fui morena e magrinha como qualquer polinésia,	136
(Há névoa)	102
Há um nome que nos estremece,	293
Havia várias imagens	228
Hoje! Hoje de sol e bruma,	162
Hoje, que seja esta ou aquela,	139
Homem ou mulher? Quem soube?	254
(Isso foi lá para os lados	235
Jardim da tarde divina,	137
Já plangem todos os sinos,	242
Já se ouve cantar o negro,	225
Já seus olhos se fecharam	288
Leonoreta,	193
Leonoreta,	196
Levaram as grades da varanda	174
Leve é o pássaro:	130
Madrugada na aldeia nevosa,	130
Melhor negócio que Judas	253

Minha família anda longe,	94
Minha primeira lágrima caiu dentro dos teus olhos	155
Minha tristeza é não poder mostrar-te as nuvens brancas,	157
Morrerei, se suspirares	194
Muitas velas. Muitos remos	83
Muitos campos tênues	291
Na ponta do morro,	292
Neste mês, as cigarras cantam	156
Nestes jardins — há vinte anos — andaram os nossos muitos passos,	124
No Palácio da Cachoeira,	248
Nunca eu tivera querido	66
Nuvens dos olhos meus, de altas chuvas paradas,	334
Não cantes, não cantes, porque vêm de longe os náufragos	70
— Não faz mal que a chuva caia!	138
Não há quem não se espante, quando	96
Não perguntavam por mim,	323
Não sou a das águas vista	144
Não te fies do tempo nem da eternidade,	176
Não temos bens, não temos terra	329
Não vale muito, o rosilho:	252
O amanhecer e o anoitecer	127
O aquário tem um bosque verde submerso,	151
O canto dos galos rodeia a madrugada	151
O cipreste inclina-se em fina reverência	149
O crepúsculo é este sossego do céu	160
Ó linguagem de palavras	215
O mosquito pernilongo	343
O músico a meu lado come	176
O Santo passou por aqui	317
O vento voa,	70
Oh, quanto me pesa	324
Olival de prata,	98
Os gatos brancos, descoloridos,	177

Os mendigos maiores não dizem mais, nem fazem nada	75
Os militares, o clero,	272
Os sáris de seda reluzem	319
Ou se tem chuva e não se tem sol,	344
Parecia que ia morrendo	328
Passante quase enamorado,	315
Passei por essas plácidas colinas	221
Pastora de nuvens, fui posta a serviço	72
Pela celeste ampulheta,	195
Pela celeste ampulheta,	197
Pela noite nemorosa,	189
Pelo horizonte de areias,	305
Pequena lagartixa branca,	175
Pescador tão entretido	180
Pois o enfermo é triste e doce	326
Por aqui passava um homem	249
Por aqui vou sem programa,	88
Por cima de que jardim	179
Por mais que te celebre, não me escutas,	123
Por mim, e por vós, e por mais aquilo	107
Por que me destes um corpo,	106
Por uns caminhos extravagantes,	178
Pus-me a cantar minha pena	89
Quando sua mãe sonhava,	275
"Que fugisse, que fugisse...	265
Que o alado capitel e a serena cornija em nuvens	180
Quem me compra um jardim	341
Quem tem coragem de perguntar, na noite imensa?	207
Quem toca piano sob a chuva,	150
Quem trouxe o faisão prateado	181
Quero roubar à morte esses rostos de nácar,	335
Recobro espuma e nuvem	145
Rezando estava a donzela,	226
Rua da Estrela,	307
Se me contemplo,	114

Se te perguntarem quem era 83
Se vós não fôsseis os pusilânimes, ... 262
Sede assim — qualquer coisa 117
Senhora da Várzea, ... 131
Sob os verdes trevos que a tarde 327
Sobre um passo de luz outro passo de sombra. 336
Sono sobre a chuva 325
Sua mão mal se movimenta, ... 182
Suspiraram as rosas 318
Tão perto! 141
Tal qual me vês, ... 143
Temos uma família desfeita na terra: 306
Tenho fases, como a lua 101
Teu rosto passava, teu nome corria 86
Tinha uma carne de malmequeres, fina e translúcida, ... 141
Tudo cabe aqui dentro: 159
Tudo era humilde em Patna: 316
Tudo jaz, diluído e cintilante, numa profunda névoa 205
Um jardineiro desconhecido se ocupará da simetria 158
Única sobrevivente 295
Vede as moças nas varandas, ... 303
Vede por onde passava 214
Venho de caminhar por estas ruas 140
Vi a névoa da madrugada 182
Vi teus vestidos brilharem 208
Vimos a lua nascer, na tarde clara 126
Voz luminosa da noite, ... 287

Acervo pessoal de Cecília Meireles

Conheça a poesia completa de Cecília Meireles

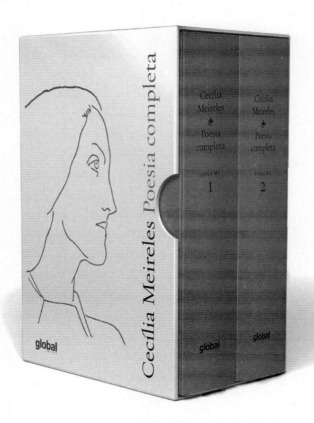

Com coordenação editorial de André Seffrin, os dois volumes da *Poesia completa* de Cecília Meireles reúnem 27 livros da autora, além de poemas dispersos de sua vida literária.

Este livro foi impresso em 2024, pela Plena Print,
para a Global Editora.
O papel do miolo é Off Set 75 g/m².